漱石に英文学を読む

小鹿原敏夫
Toshio Ogahara

Reading Soseki
in English Literature

晃洋書房

Reading Soseki in English Literature

まえがき

漱石は留学生としてヴィクトリア朝末期のロンドンに一九〇〇年十月に到着した。そしてエドワード朝が始まったばかりの一九〇三年一月に帰国の途に就いた。後に漱石は国費留学の内談があったとき、自分のようなものが何の目的を持たずに外国へ行ったからといって別に国家の役に立つとは思えないので、断ろうと思ったと語っている。しかし結局、彼の地に赴むき、三年近く下宿にこもって文学とは何かという難題と取り組んだという。しかしそれは遂に解らずじまいであったと語っている（『私の個人主義』一九一四年）。ロンドンの漱石は孤独で、文学について語り合えるような気の置けない友人もいなかったようだ。

漱石の留学期間中、大英帝国はかろうじて健在であった。ドイツや米国などの新興国の工業製品市場での追い上げは加速していたが、広大な植民地という市場を抱え込み、まだまだ英国製品は国際競争力を持っていた。労働党の母体はすでに十九世紀末に存在していたが、政党として成立するのは一九〇六年であり、さらに労働党が最初に政権を取るのは一九二四年である。二十世紀最初のジェネラル・ストライキは一九二六年である。労働運動の激化と社会主義の足音は漱石の英国にはまだ遠かった。ロンドンのシティー（金融街）は、世界中の鉄道建設や港湾建設であるとか、さらに戦費の調達に不可欠の世界最大の資本市場であった。日本の日露戦争における勝利もシティーでの起債ができなければ不可能であった。

一九〇〇年、英国の首相は保守党の老練政治家ソールズベリー侯（三代目ソールズベリー侯爵Robert Gascoyne-Cecil, 1803~1903）であった。侯はヴィクトリア朝を代表する保守政治家ディズレーリの後継者であり、三期の総理大臣職を上院から務めた（第一期一八八五~一八八六年、第二期一八八六~一八九二年、第三期一八九五~一九〇二年）。この大柄な総理大臣は、特に大都市に流入する労働者階級の住宅環境の改善に取り組んだことが、家父長的な性格を有していたとして、代表的な「貴族的保守主義者」と言われている。外交問題では、伸長してきたドイツの軍事力を牽制しつつ、「栄光ある孤立」政策を貫いていた。しかし一九〇二年に極東の新興国、日本と日英同盟を交わしたのはソールズベリー侯である。漱石はこの同盟締結に狂喜乱舞する日本国民を不愉快に思っていたことで知られる。

またソールズベリー侯は（第二次）ボーア戦争を仕掛け、南アフリカにおける英国の利権を確立した。一九〇〇年秋の総選挙の際は、ボーア戦争で高揚した国民の愛国心が保守党の勝利を導いたといわれている。このときの総選挙は軍服の色に因んで「カーキ選挙」と呼ばれるのはそのためである。漱石はロンドンに到着したその日に、南アフリカからの義勇兵の凱旋行進に遭遇し、その喧噪に辟易したと日記に記している。漱石の英国嫌いの始まりがここにあったのかもしれない。

さて漱石がロンドンに到着してから八十六年後、一九八六年十月、筆者はロンドンのシティー（金融街）で株式仲買人（ストック・ブローカー）の見習いを始めた。一九八六年十月の英国の首相は全盛期のサッチャー夫人（Margaret Thatcher, 1925～2013）であった。

筆者はその年の夏までオックスフォード大学で十八世紀の英国金融史の研究をしていた。もちろん漱石のような国費の留学生ではなく、父親がスポンサーの私費による渡英であった。筆者の父親は精神科の勤務医であったが、大正十三年生まれで、戦争のため学生時代の夢であった海外留学か叶わなかった世代であった。その夢を、あまり出来は良くなかった息子に託してくれたのだった。しかし漱石とは正反対に、あまりに留学生活が楽しかったためか、たいした研究の成果はなく、筆者の「遊学」はすでに三年目に入っていた。

何か新しい資料を探そうと思い、指導教授に紹介してもらってシティーのいくつかの老舗の金融機関に手紙を書いた。それは「御社で保管されている十八世紀の資料を見せて下さい」という内容だった。そのうちのひとつ、ジェームズ・ケーペル社（James Capel&Co 現在はＨＳＢＣ投資銀行）は筆者の要望に快く応じ、丁寧な返事とともに社史まで一部送ってくれた。そして付け加えて、同社では今、日本人の営業担当者を探しているので、良かったらうちで働かないかと誘ってくれた。筆者はあまり考えもせず、金融史の研究をしているのだから一度は実際にその世界で働くのも面白いだろうとその誘いに応じた。結局その後、二度の転職を経て十七年間、ロンドンのシティーで投資銀行のサラリーマンを勧めた。

筆者は漱石とは異なり、人間同士であるから諍いになることはあっても英国、英国人だからといって悪いという印象は持っていない。昨年も十年ごとに開催されるオックスフォード大学（セント・キャサリンズ学寮）の同窓会に嬉々として出かけて行き、楽しい時間を過ごした。本書の英文による要約作成を手伝ってくれたポール・ヴィンセント君は、三十三年前、オックスフォードでともにジャパン・ソサイエティーの会長をやったころからの親友である。自分はむしろアングロファイルと自称しても良いと思っている。

筆者は四十歳を過ぎてから、漱石を彼が読んだ英文学作品と一緒に読むことの面白さを発見した。実際、漱石ほど英文学を読み込んだ日本人は当時いなかったと思える。本書はそんな筆者による英文学を通じて漱石を読み解こうとしたささやかな試みである。

本書の漱石の本文の引用は『漱石全集』岩波書店（一九九三〜一九九九）に基づく。本文中、全集からの引用箇所を、丸数字で巻数を、コロンのあとにページ数を示して、略記することがある。

目次

第一章　東西の二人の作家、漱石とゴールズワージーの接点

はじめに

奇しくも漱石とゴールズワージーは同じ西暦一八六七年の生まれである。しかし二人の育った家庭環境は大きく異なっていた。

漱石は、幕末に没落しつつあった夏目家の末子として江戸（翌年、東京に改名）に生まれた。すでに三人の息子が居たためか、一歳のときに塩原家に養子に出され、さらにその養父母が離婚したことで、九歳のときに夏目家に戻る。しかし実父と養父の確執があり、夏目家に復籍したのは二十一歳のときであった。このように家庭環境が複雑だったことで、漱石は小学校を三回も転校している。しかし固

く文学を志し、ロンドン留学を経て一度は学者として身を立てるが、その後、職業作家に転じ、才能が開花したのは周知の事実である。

ジョン・ゴールズワージー（John Galsworthy, 1867~1933）は、ロンドン南西部サリー州に広大な屋敷を持つゴールズワージー家に生まれた。父親は弁護士であったが、多くの不動産を所有する資産家でもあった。安定した家庭で何不自由なく育ったゴールズワージーは、ハーロー校からオックスフォード大に進学し、一度は父親と同じく海運関係の法曹を志した。しかしポーランド人でありながら偉大な英文学作家になったジョゼフ・コンラッドとオーストラリアへの船旅で偶然出会い、触発されたことで小説家に転じたといわれている。漱石の留学中（一九〇〇（明治三十三）年十月~一九〇二（明治三十五）年十二月）、ゴールズワージーはまだ駆け出しの無名作家であったが、一九〇四年に父親が他界すると、その遺産によって恒産を得、お金のために仕事をする必要がなくなった。一九二一年には国際ペンクラブ（PEN International Literary Club）の初代会長に選出され、また英国人としてはキップリングに続く二人目のノーベル文学賞を一九三二年に授与されている。

二十世紀初頭、漱石がロンドンに留学していた期間、英国では六十四年近いヴィクトリア朝が終焉を迎え、新たにエドワード朝が始まるという時代の大きな転換点であった。ヴィクトリア女王の時代、英国の植民地は大きく拡大し、「太陽の沈まない帝国」ともいわれ、その末期には世界の二割の人口をその帝国の傘下においた。また首都ロンドンの人口は一八〇〇年の約百五十万人から一九〇〇年には約六百五十万人に拡大した。産業革命をいち早く達成した英国は十九世紀中盤には世界の銑鉄の四十％を生産する「世界の工場」でもあった。政治的には自由党のグラッドストーンと保守党のディズレーリによって二大政党の政権交代システムが十九世紀後半に現出し、その後、世界の議会制民主主義の一つのモデルとなった。このような帝国の繁栄と拡大は二十世紀にもまだまだ続くかと思われた。しかし新世紀の幕開けに当たる一九〇一年一月、ヴィクトリア女王が死去すると多くの国民は一つの偉大な時代が終わったという感慨を持った。そして英国の将来に不安を覚えた国民も少なくなかったようだ。そんなヴィクトリア女王の柩が運ばれた送葬行進を漱石はロンドンの中心部で見学している。そしてヴィクトリア女王の喪が明けた一九〇二年八月九日にエドワード七世が正式に即位し、エドワード朝が始まった。漱石はこのときロンドンで五番目の下宿に居た。

また漱石の留学期間は英国の最も帝国主義的な戦争といえる（第二次）ボーア戦争（一八九九～一九〇二年）と重なっていたことも見逃せない。この戦争は金やダイヤモンドといった豊富な鉱山資源が南アフリカで発見されたことで、それらの利権を英国がオランダ系移民のボーア人から取り上げようとしたことから始まったものである。漱石は最初にロンドンに到着した翌日、市内で南アフリカから凱旋した義勇兵の歓迎行進に遭遇したことを日記に記している（『日記』明治三十三年十月二十九日）。このとき多くの国民はトランスヴァール共和国を併合したことでボーア戦争はもう勝利したも同然と考えていた。ところが政府は当時あえて国民に多くを語っていなかったが、ボーア軍はこのころから正攻法からゲリラ戦術に転じ、英軍は苦戦を強いられていた。しかし、どうしてもボーア人をねじ伏せなければいけない英軍は、非人道的な「焦土作戦」を敢行し、村々を焼き払い、婦女子をも強制収容所に収容した。この作戦を主導したのが同年十一月に任命された総司令官キッチナー将軍である。こうして英国は一九〇二年五月ようやく劣勢を挽回し、有利な条件を勝ち取りプレトリアで講和条約を結んだ。これに先だって一九〇二年一月にはロンドンで日英同盟が締結されている。世界中に帝国の版図を拡大した大英帝国は強大な海軍力に依存していた。しかし一方陸軍は徴兵制がないので常備軍は小さかった。有事のたびに義勇兵を募り派兵するが、平時は職業軍人が現地の兵隊を指揮するという仕組みを採用していた。ボーア戦争はそんな海外へ派兵された英軍の脆弱さを露呈させた。日英同盟を締結するにあたって、英国はロシアがインド方面に南下する可能性を懸念し、日本陸軍の支援を期待していたとみられる。漱石はそのような英国側の事情を忖度することなく、日英同盟の締結で「一流国」に仲間入りしたとして大騒ぎする日本人の風潮を苦々しく見ていた(1)。

第一節　同時代者としての漱石と「フォーサイト家の人々」

ゴールズワージーの代表作は、ロンドンに住まうフォーサイト家三代にわたる家族の愛憎と一家の盛衰を描いた大河小説『ザ・フォーサイト・サガ』（*The Forsyte Saga*）である。一九二二年に第一部が刊行されたこの作品は、それまで二十年以上にわたって発表された連作を束ねたものである。時間軸としては、一八八六年から第一時世界大戦後の一九二〇年までのヴィクトリア朝末期からエドワード朝を経て、ジョージ朝に達するフォーサイト家の大河物語である。(2)

巻頭に現れる「フォーサイト家の人々」は、ヴィクトリア朝の中期、すでにロンドンの高級住宅地や郊外に立派な自宅を持ち、あくせく働かなくとも利子や年金収入で十分快適に暮らしている。この富の蓄積は、一世代目が十九世紀初頭に地方からロンドンに出て建築業を始めたことが端緒となった。その利益をロンドンの一等地の不動産に再投資することによってフォーサイト家は巨利を得たのである。都市に流入する人口の増大と富裕層の現出で、高級住宅地の不動産市況は長く活況が続いた。

ロンドンに移住してからのフォーサイト家二世代目（兄弟六人、姉妹四人）は男子であればハーロー校からオックスフォード大、あるいはイートン校からケンブリッジ大で法学を学ぶという教育を受け、紅茶貿易、金融、保険、法曹、出版などの経営に従事するアッパー・ミドルクラス（上位中産階級）に仲間入りした。ヴィクトリア朝の女子には、まだそのような教育や職業の機会は与えられなかったが、恒産があるので経済的な理由で結婚を選ぶ必要はなかった。彼女たちは一生独身で経済的に自立した生活も可能であった。しかしながら一世代目の父にあたる高祖父フォーサイト氏（一八一二年没）はドーセット州の一農民に過ぎず、地主階級ではなかった。それゆえ二世代目以降のフォーサイト家の人々は、自分たちは、多くの上流階級（地主階級）の家庭よりも金銭的に豊かではあっても、「成り上がり者」

であり、決して上流階級であるとは考えなかった。あくまで中流の上（上位中産階級）なのである。小説『ザ・フォーサイト・サガ』は、実際のゴールズワージー家の歴史に範を得たことは間違いないと考えられている。ゴールズワージー家も、もともとはデヴォン州の農家に過ぎず、ヴィクトリア朝時代にロンドンに移住し、主として不動産投機に成功して大きな資産を形成したのである。

『ザ・フォーサイト・サガ』の第一巻『資産家』（*The Man of Property*, 1897）は個人資産（不動産、債券、美術品など）の所有に固執するフォーサイト家の性格をあますことなく伝えている。そのなかでも代表的人物とされているのが、第三世代のひとりで、一八五五年生まれのソームズ・フォーサイトである。第二巻『裁判沙汰』（*In Chancery*, 1920）は第一巻から約二十年後に書かれたが、このなかでゴールズワージーはヴィクトリア女王の大葬に際したフォーサイト家の人々の感慨を記している。主たる語り手であるソームズ・フォーサイトはこのとき四十六歳で、シティーに事務所を構える弁護士であり、ゴーギャンやゴヤの絵画も所有する美術品収集家であった。世間からは申し分のないジェントルマンと見なされていた。しかし一人目の美しい妻イレーンを自分が収集した美術品のような所有物とみなす態度で接し、さらに暴力を振るったことで別居に至る。そしてソームズは長い別居を経てようやく離婚し、自分の後継ぎを得たいという理由だけで若い女と愛のない再婚をしたばかりであった。

ソームズの九十歳になる父親、ジェームズの邸宅は高級住宅地パーク・レーンの一角にあり、ヴィクトリア女王の送葬行進を窓から眺めることが出来た。しかしソームズはハイド・パークから有象無象の人々とともにヴィクトリア女王の葬列を見物することを選んだ。その場でのソームズ・フォーサイトの独白にはゴールズワージー自身を含む上位中流階級の英国人が持った感想を反映してみると見てよいだろう。

一九〇一年の漱石は、南ロンドンのみすぼらしい下宿屋を転々とする貧乏留学生であった。『文学論』（明治四十年）の序のなかで「倫敦に住み暮らしたる二年は尤も不愉快の二年なり。余は英国紳士の間にあつて狼群に伍する一匹のむく犬の如く、あはれなる生活を営みたり。」と記したことはよく知られている。また同じ序で「乞食の如き有様にて」ウェストミンスターのあたりを徘徊していたとも書き残している。

一九〇一年二月二日、曇天の土曜日、漱石は下宿屋の主人ブレット氏に連れられて、ヴィクトリア女王の送葬行進を見学するためハイド・パークの人混みのなかにいた。そして葬列がよく見えるようにブレット氏が肩車をしてくれたと書簡や日記に綴っている。このブレット氏の経歴については不明だが、妻とその妹ケイト・スパローと共に南ロンドンのカンバーウェルで下宿屋を営んでいた。東京で云えば深川、橋向こうの場末であると漱石はいう（『倫敦消息』明治三十四年四月九日）。しかしブレット家は、同年四月末には経済的に行き詰まり、家族三人で夜逃げ同然にさらに安いツーティングの借家に移る。その時、唯一の使用人で、漱石が「朋友」と呼んでいた下女のペンは解雇されてしまう。ブレット家の更なる没落である。漱石はブレット氏に頼まれ、漱石にとってロンドンの四番目の下宿に一緒に引っ越す。しかしあまりにそこが条件の悪い場所なので、三カ月後にクラッパムの第五の下宿に移る。そして帰国までこの下宿に留まることになる。(3)

このようにブレット家の境遇は、料理人から執事、メイドまでを擁した豪勢な自宅に住むフォーサイト家のそれとは正反対の境遇であった。また資産の蓄積の欠如の他に、ブレット氏には教養の蓄積もなかった。漱石によればブレット氏はロビンソン・クルーソーが十八世紀の小説に登場する架空の人物であることを知らなかったという（『日記』明治三十四年一月十二日）。ヴィクトリア朝のロンドンは「フォーサイト家の人々」のような上位中産階級への成り上がり者を多く生んだが、カール・マルクスに尋ねるまでもなく、それよりはるかに多い都市の貧困層を生んだことは間違いない。しかし、そんなブレット氏も世界の一等国の国民という自負を持ち、日本人を改善の余地のある二等国民と見下していたようだ。漱石は日記に以下のように記す。

二月二十四日（日）夜「ブレツト」ト話シタラ日本ノ人間ヲ改良シナケレバナルマイ夫ニハ外国人ト結婚ヲ奨励スルガヨカラウト云フタ

（『日記』明治三十四年二月二十四日）

ブレット氏のヴィクトリア女王大葬に際しての感想を聞いてみたいが、残念ながら漱石は何も伝えていない。

第二節　フォーサイト家とヴィクトリア女王の大葬について

（以下は『フォーサイト・サガ』の『裁判沙汰』（*In Chancery*）の第十章 "Passing of an Age" を筆者が本章と関連する部分を抄訳したものである）

一九〇一年二月二日（土）曇天。ヴィクトリア女王の柩がロンドン市内を通過する日、ソームズ・フォーサイトは葬送行進を見物するため、トップハットを頭にかぶり、毛皮のコートに身を包んでいた。彼は同じく黒い毛皮を着た新妻アネッタとともにパーク・レーンを渡りハイド・パークの鉄柵に達した。ソームズは普段、公的行事に全く関心を示さないが、この送葬行進だけは、どうしても参加せざるを得ない一つの大きな時代の節目であると感じていた。一八三七年にヴィクトリアが即位した時代は祖父フォーサイトが田舎からロンドンに出てきて、そこいら中に醜い建物を盛んに建てていたころである。その頃二十六歳であった自分の父親ジェームズは法曹の世界で自立しようと躍起になっていた。男たちは幅の広いネクタイを身に付け、唇の上の髭を剃り、牡蠣を樽からそのまま食べるのがマナーで、一頭立ての馬車が通りを疾走していたものだ。女たちはやたら「ラ！」と驚いた声をあげ、また女が不動産を持つことは出来なかった。とにかくマナーにとてもうるさくて、貧乏人はゴミ溜めのような処に住んで、ちょっとした犯罪ですぐに死刑になった。そしてディケンズが執筆を始めた。

それから二世代が経過すると世の中は蒸気汽船、鉄道、電報、自転車、電灯、電話そして自動車などであふれかえっている。金利は八％から三％に下がったが、富は蓄積された。フォーサイト家の様な成金は何千といる。社会のモラルもマナーも変わった。ダーウィンのおかげでヒトとサルは類縁関係になった。そして神はマモン（金銭）になった。ヴィクトリア女王の治下、六十四年にわたって資産形成にとって好条件が続き、アッパー・ミドル・クラスという階級を現出させた。実際彼らの立ち居、振る舞いから話し方、考え方、マナーは上流階級（アッパー・クラス）と区別できなくなった。個人主義の時代、金さえあれば人は法律においても実生活でも自由であった。しかし金がなければ法律においては自由だが、実生活ではそうはいかない。偽善的であることに価値があったので、尊敬されるようにふるまうことが最も重要であった。

いよいよ女王の柩が目の前を通過する。そのときソームズは「時代が通り過ぎた」（The Age was passing!）とつぶやいた。そして最近の労働運動の高まりと下院にはじめて選出された労働党の伸長を憂慮した（一九〇〇年十月の「カーキ」選挙で二名の労働党議員が誕生した）。彼らは社会主義者で自分達とは違うという悪い予感を感じるのだ。エドワード七世に彼らを抑えることができるだろうか。(4)

一方、ソームズの父親で九十歳のジェームズは、パーク・レーンの邸宅から葬列とそれを見守る群衆を窓から眺めていた。彼にもある感慨があった。ジェームズとその十歳年下の弟のスウィズン（一八九一年に死去）はヴィクトリア女王の即位を見物に行ったのだ。其のころヴィクトリアは細身の若い女性であったが、晩年は随分太ってしまった。長兄のジャリアン（フォーサイト）とはヴィクトリアとドイツ人（アルバート王配殿下）の結婚式も見に行ったものだ。最初は夫がドイツ人なもので心配したが段々良くなって死去する前は評判もよかった。そして息子（エドワード七世になるアルバート・エドワード公子）も残してくれたし上出来だ。ヴィクトリアの即位五十周年ではバルコニーを借り切って兄弟皆でパーティーをやった。長兄ジャリアン、三男スウィズン、四男ロジャーもみんな鬼籍に入ってしまった（ジェームズ自身もこの半年後に死去する）。全てが変わってしまう。何でもドイツのカイザー（ヴィルヘルム二世）が葬列に参加しているとか。奴のクルーガーに送った電報はひどい代物だった。いつか厄介を惹き起こすに違いないぞ。(5)

第三節　漱石とヴィクトリア女王の大葬について

一九〇一（明治三十四）年一月二十二日、ヴィクトリア女王は英国南部のワイト島にあった離宮オズボーン・ハウスで八十一歳の天寿を全うした。これにより六十三年七カ月に及んだヴィクトリアの治世も終焉を迎えた。葬儀委員会は国葬を二月二日（土）にロンドンで行うと定め、納棺を同地で済ませた。(6) そして御遺体は、二月一日にワイト島から本土の南端ゴスポート港に船で運ばれた。翌朝、さらに特別列車に乗り、ロンドンの南東部のヴィクトリア駅に二月二日（土）午前十時過ぎに到着した。そしてロンドン市内の中心を二時間かけて北上し、北西部にあるパディントン駅を目指す葬送行進が始まった。パディントン駅に到着すると、そこからは再び特別列車によって英国西部のウィンザー城に向かい、城内のチャペルで葬儀を行う。そしてその二日後（二月四日）、ウィンザー城に隣接する（故アルバート公も眠る）フロッグモア大霊廟に御遺体は埋葬された。

日記によると漱石は死の床にあったヴィクトリア女王の病状に高い関心を払っていた。

一月二十一日（月）女皇危篤ノ由ニテ衆庶皆眉ヲヒソム

一月二十二日（火）The Queen is sinking.（皇女の容体の悪化を示す。以下略）

一月二十三日（水）昨夜六時半女皇死去スat Osbourne（以下略。英文で国中が喪に服し漱石は弔意のため黒ネクタイと黒手袋を購入したことを記す。）

一月二十四日（木）Edward VII即位のProclamationあり（エドワード七世の即位の布告あり。以下略）

一月二十六日（土）女皇の遺骸市内ヲ通過ス（御遺体は二月二日までロンドンに到着しなかったので漱石

のいう「市内」とは何処を指すか不明である）

一月二十八日（月）昨日ハ女皇死去後第一ノ日曜ニテ諸院皆HandelノDead Marchヲ奏シmuffled tolls of bellsヲ響カス此夜モ鐘声頻リナリ

ヴィクトリア女王の遺言によりロンドン市内の葬送行進は軍隊式で行われることになった。最高位の軍人であったロバート伯爵が名代を務め、市内は、軍人の姿であふれていた。なおキッチリー元帥は、前年度末に南アフリカの総司令官を任され、ボーア人に対して焦土作戦を実施中で葬儀には不参加であった。その他の参列者にはロシア大公やベルギーの王族、後にサラエヴォで凶弾に倒れ第一次世界大戦の引き金となったフランツ・フェルディナンド大公など多くのヨーロッパの王族の姿も見られた。そんな葬列で最も目立っていたのは共に陸軍元帥の装束に身を包んだ、女王の長男であったアルバート・エドワード公子（エドワード七世）と、女王の長女の息子であるプロシアの皇帝（カイザー）ヴィルヘルム二世であった。この二人が柩に従う葬列を馬上から先導し、軍楽隊はベートーベンとショパンの葬送行進曲を奏でながら、女王の柩は厳かにパディントン駅を目指して進んだ。この二時間余りの葬送行進を多くの市民が沿道から見守った。市内の中心にあるハイド・パークにさしかかった頃は大変な人混みとなり、葬列を一目見ようと公園の木によじ登る者も多くいた。漱石はこの歴史的な出来事の証人としてこの人混みの中にいたのである。次は漱石のその日の日記である。

二月二日　土

Queenノ葬儀ヲ見ントテ朝九時Mr.Brettト共ニ出ヅ　OvalヨリBank地下電気ニテBankに至リ夫ヨリTwopence TubeニBank乗リ換フMarble Archニテ降レバ甚ダ人ゴミアラン故next stationニテ下ラント宿ノ主人云フ其言ノ如クシテHyde Parkニ入ルサスガノ大公園モ人間ニテ波ヲ打チツ、アリ園内ノ樹木皆人ノ実ヲ結ブ漸クシテ通路ニ至ルニ到底見ルベカラズ宿ノ主人余ヲ肩車ニ乗セテ呉レタリ漸クニシテ行列ノ胸以上ヲ見ル、柩ハ白ニ赤ヲ以テ掩ハレタリKing, German Emperot等随フ

漱石はブレット氏とテムズ川南のOval駅からシティー・アンド・サウスロンドン鉄道でBank駅に北上し、ロンドン中心部を東西に走るセントラル・ロンドン鉄道に乗り換えそこからハイド・パークのある西方向に向かった。これらの鉄道を漱石は「地下電気」と呼んでいる。現在の「地下鉄」である。しかし行列の通過するパーク・レーンに近いMarble Arch駅は大変な混雑なので、もう一つ先の駅で下車したとある。この駅はLancaster Gate駅である。ここまで来るとハイド・パークの西端に当たり、隣接するケンジントン・ガーデンとの境目である。したがって漱石とブレット氏は葬列が北上しながら通過するハイド・パークの東側に移動するために多くの人混みをかきわけなければいけなかったはずである。

なお漱石は「セントラル・ロンドン鉄道」の通称をTwopence Tubeとpennyの複数形penceを用いて呼んでいる。いかにも漱石らしいこだわりであるが、この路線が開業当時に一律二ペンスの料金を設置したことからつけられた愛称はTwopenny Tubeであった。おそらく形容詞のThreepenny「三文の、安物の」にかけた洒落であった。したがって一見、文法的に間違いのようだが、Twopenny Tubeが正しい呼び名であった。

日記のなかのKingがアルバート・エドワード公子（エドワード七世）でGerman Emperorがカイザー・ヴィルヘルム二世であると考えられる。漱石はブレット氏の肩の上から葬列を確りと目撃したに違いない。そして漱石はカイザー・ヴィルヘルム二世がどのような人物かよく知っていた。明治三十三年十一月二十日の書簡に次のようにある。

独乙皇帝ハ婆サンノ鉄椎ニ遭ツタソウダ丁度博浪ノ椎ト云フ趣ガアル面白イ

（明治三十三年十一月二十一日藤代禎輔宛絵はがきより抜粋）

「独乙皇帝」（カイザー）であったヴィルヘルム二世（在位一八八八～一九一八年）の「婆サン」とはヴィクトリア女王である。英国のヴィクトリア女王の長女ヴィクトリア（ヴィッキーと呼ばれた）はプロシア王に嫁ぎ、その長男がカイザーとなったヴィルヘルム二世であった。

カイザーは英国とその王族に複雑な愛憎関係を抱いていたといわれる。生まれつき左腕が不自由で、幼いころは英国生まれの母親（ヴィッキー）から溺愛された。しかし長じては、強大な帝国の繁栄を謳歌していたヴィクトリア朝英国に対し強い嫉妬を持つようになる。特に英国の南アフリカにおける植民地拡大政策に対してしきりに苦言を呈していた。こういった強い反英国主義の感情には当時の宰相であったオットー・フォン・ビスマルク（在職一八七一〜一八九〇年）の影響があったようだ。しかし老練なビスマルクは少なくともドイツの海軍力が整備されるまでは英国をむやみに刺激するつもりはなかったようだ。実際、普仏戦争（一八七〇〜一八七一年）においてナポレオン三世のフランスを破ったプロシアは陸軍力では、すでに英国を凌駕していた可能性が高い。

しかしカイザーがビスマルクを一八九〇年に更迭してしまうと、諫官がいなくなったためであろうか、カイザーの不用意な発言がたびたび英独関係を緊張させた。そして母親（ヴィッキー）を幽閉に近い状態に置いたことでも英王族との関係を悪化させた。漱石の言う「婆サン」（ヴィクトリア女王）はカイザーを幾度となく態度を改めるように諭したといわれている。このときの「鉄椎」がはっきりと何を指すのかは定かではない。しかしカイザーの英国に反発する態度に改善は無かったということで、漱石は「張良の故事」（博浪沙で始皇帝の命を狙い、力士に鉄椎を投擲させた。しかし鉄椎は始皇帝の車を外れ、副車に当たってしまった）を思い出したようだ。

カイザーはヴィクトリア女王だけでなく、次の英国王になるアルバート・エドワード公子（エドワード七世）とも仲が悪かった。しかしそんなカイザーが、一九〇一年一月に女王の危篤が伝えられると真っ先にワイト島に向かった。さらに女王の臨終の日に、カイザーは特別に一人だけの謁見を許されている。また二月二日のロンドンでの葬送行進では、漱石も目撃したように、叔父であるアルバート・エドワード公子とともに、馬上から柩に従う行列の先導役を務めた。英国の王族はなんとか英独関係の親密さを顕示したかったとみられる。

しかし、女王の死後、母親ヴィッキーも四カ月後に世を去るとカイザーの英国に対する暴言はますます抑制が効かなくなった。特に一九〇八年の英国の新聞デイリー・テレグラフ紙に寄せた常軌を逸した談話によりカイザーの信用は失墜した。カイザーはこの談話のなかでボーア戦争時に自分はボーア軍を応援していたのではないことを主張しようとしたが、それは成功しなかった。さらに英国人は他人の意見を気にしすぎるという趣旨で「お前たち英国人は三月ウサギのように狂っている」（You English are mad,mad,mad as March hare）と評したことを文脈を紹介することなく、英国を侮辱しているとしてセンセーショナルに取り上げられた(7)。

そんなカイザーをハイド・パークでブレット氏に肩の上から目撃できたことは、漱石にとってよほど印象深かったようだ。晩年の小説『明暗』（大正五年）のなかのエピソードとして次のように紹介されている。

ヴィクトリア女王の喪が明けた翌年一九〇二（明治三十五）年八月九日、エドワード七世の戴冠式の記念行事がロンドン市内で行われた。それをマンションハウス（ロンドンのシティーの中心部にある）で見物しようとした、ある背の低い日本人が、一緒に行った下宿屋の主人に肩車をしてもらったという（『明暗』五十四章）。漱石がこの日、実際に戴冠の行列を見学のためマンションハウスに出向いたかどうかは日記にも書簡にも記載がなく不明である。前年一九〇一年二月十四日の日記にはエドワード七世が議会で最初に開院式を行うので大騒ぎだが、自分はヴィクトリア女王の葬式で懲りたので行かないという記載がある。また漱石の神経衰弱が一九〇二年の秋頃にはかなり悪化しているようなので、わざわざ人混みのなかエドワード七世の戴冠を見学に出掛けていった可能性は小さいだろう。

書簡のなかでもヴィクトリア女王の大葬に触れた次のような箇所がある。

先達ての女皇の葬式は見た「ハイドパーク」と云ふ処で見たが人浪を打つて到底行列に接する事が出来ない其公園の樹木に猿の様に上つてた奴が枝が折れて落る然も鉄柵で尻を突く警護の騎兵の馬で蹴られる大変な雑沓だ僕は仕方がないから下宿屋の御爺の肩車で見た西洋人の肩車は是が始ての終りだらうと思ふ行列は只金モールから手足を出した連中が続がつて通つた許りさ

（明治三十四年二月九日（土）狩野亨吉・大塚保治・管虎雄・山川信次郎宛書簡より抜粋）

漱石は、ロンドンで大葬や即位式における「西洋人に肩車されて見学する日本人」に象徴的な意味を見出していたのではないだろうか。特に一九〇二年一月の日英同盟の締結は、日本が国際社会において、英国に（本来の高さ以上に）持ち上げてもらったことだという印象を持っていたのではないだろうか。「西洋人の肩車」を日英同盟の比喩と解釈すれば「是が始めての終わりだらうと思ふ」という一九〇一年の書簡での言葉は何か予言めいて響く。日英同盟は一九二三年に失効し、その後徐々に日本は国際的な孤立に向かい、「誰も肩車をしてくれないまま」英米との一九四一年の開戦に向かっていく。

次の高浜虚子宛の葉書は、雑誌「ほととぎす」に掲載される予定であったためかもう少し荘重である。

女皇の葬式は「ハイド」公園にて見物致候。立派なものに候。

白金に黄金に柩寒からず

屋根の上などに見物人が沢山居候。妙ですな。

凩の下にゐろとも吹かぬなり

棺の来る時は流石に静粛なり。

凩や吹き静まつて喪の車

熊の皮の帽を戴くは何といふ兵隊にや。

熊の皮の頭巾ゆ、しき警護かな

もう英国も厭になり候。

吾妹子を夢見る春の夜となりぬ
当地の芝居は中々立派に候。
満堂の閻浮檀金や宵の春
或詩人の作を読で非常に嬉しかりし時。
見付たる菫の花や夕明り

（明治三十四年二月二十三日（土）高浜清宛　葉書）

ヴィクトリア女王の軍隊風の国葬は、式典の荘重さよりも、権威付けに固執する大英帝国の滑稽さを漱石に印象づけただけだったようだ。現地の新聞でボーア戦争の動向をよく熟知していた漱石には、軍国主義的なパレードは嫌悪感を抱かせたとみられる。それにつけても「もう英国も厭になり候」の一節は、孤独な異郷での学究生活の苦しさをこっそり挟み込んでいるようで痛々しい。

おわりに

漱石とブレット氏が、そしてソームズとその父親のジェームズ・フォーサイトが見たヴィクトリア女王の大葬は、前者が現実の体験であり、後者は架空の体験である。しかしこれらの人々の姿は筆者の想像の世界においては、どちらも同じリアリティーを持つように思える。例えば次のようにほとんど隣り合わせで存在しているようだ。

曇天のハイド・パークでは、寒い中、多くの人々が女王の葬列を一目見ようと押し合いへし合いしていた。身の軽い男たちは、公園の木の上に昇ったりぶらさがったりしている。木から落ちて鉄柵で尻餅をつく者もいる。トップ・ハットに正装のソームズ・フォーサイトは毛皮のコートを羽織り、若く美しい新妻アネットとパーク・レーンの最前列に陣取っていた。ようやくヴィクトリアの柩を曳いた行列が通り過ぎた。ソームズは思わず「時代が通り過ぎた」とつぶやいた。そしてふと人波であふれかえるハイド・パークを振り返った。するとみすぼらしい身なりの東洋人が、誰かの肩の上から落ちないように必死に齧り付いているのが見えた。そのときソームズは、漱石の姿を凝視しようといぶかしげに目を細めたように思えるのだ。

注

（1）そのことが次の書簡の一節で察せられる。

此同盟事件の後本国にては非常に騒ぎ居候よし斯の如き事に騒ぎ候は恰も貧人が富家と縁組を取結びたる喜しさの余り鐘太鼓を叩きて村中かけ廻る様なものにも候はん

（明治三十五年三月十五日付け　中根重一宛書簡より抜粋）

（2）John Gaksworthy, *The Forsyte Saga*, Volume I,Penguin Books, 2001を参照した。

（3）漱石のロンドンでの滞在先は以下の通りである。

①76 Gower Street, W. C. 滞在期間：二週間：家主：不明

②85 Priory Road,West Hamstead, N. W. 滞在期間：一カ月、家主：ミス・ミルデ

③6 Flodden Road,Camberwell, S. E.：滞在期間：四カ月、家主：ブレット氏

④2 Stella Road ,Tooting Graveny, S. E.：滞在期間：三カ月、家主：ブレット氏

⑤81 The Chase,Clapham Common, S. W. 滞在期間：一年四カ月。家主：ミス・リール

①、②は東西に流れるテムズ川の北側であり、③以降は全てテムズ川の南側である。

（4）保守党と自由党という二大政党がヴィクトリア朝後期の政治の二本柱であった。しかしボーア戦争がきっかけで自由党は変容した。グラッドストーンに代表される自由主義と正反対の立場の帝国主義、保護主義を主張する自由党の派閥が勃興し、党の理念の実質上の分裂を招いたのである。その自由党は一九〇八～一九一六年に政権を担ったが、一九三〇年代になると自由党の影響力は凋落し、それ以後政権を取ることはなかった。第二次世界大戦後は自由党に変わり、労働党が保守党と二大政党の柱となった。

（5）一八九五年十二月に英国人の植民地統括官ジェイムソンとケープ植民地の首相であったセシル・ローズが傭兵を使ってトランスヴァール共和国を攻撃し、同地の英国人入植者の蜂起を促し、政府を転覆しようとしたが失敗に終わった事件があった。トランスヴァールのクルーガー大統領に対し、カイザーは攻撃が失敗に終わったことを祝う電報を送った。これによりカイザーはジェームズ・フォーサイトのような多くの愛国的な英国人の怒りを買った。しかしながらこの軍事介入は明らかにロンドンの植民地大臣ジョゼフ・チェンバレンも承知していたことが現在では定説になっている。カイザーが英国人の反発を買うやり方で批判したのは決して賢明ではなかったが、ジェイムソン攻撃は帝国主義英国の卑劣な側面であり、後の（第二次）ボーア戦争（一八九九～一九〇二年）の予行演習の

ようなものであった。カイザーの批判は的を射ていたともいえよう。また「(カイザーは) いつか厄介を惹き起こすだろう」はゴールズワージーが第二巻を執筆した一九二〇年には全てが後付けの智恵でもある。それは一九一四〜一九一七年の第一次世界大戦で英仏に敵対したカイザーのドイツのことを指すことは明らかである。カイザー自身は第一次世界大戦から政治的な指導力と求心力を無くしていたが、軽はずみで好戦的な言動と態度で第一次世界大戦の火付け役の一人となった。大戦後一九一八年の十一月革命でカイザーは退位しオランダに亡命、ヴァイマール共和国が樹立された。

(6) ヴィクトリア女王の大葬の次第に関しては一九〇一年二月四日のタイムズ紙の記事("Funeral of The Queen")が詳しい。女王の柩を真ん中にした葬列の順序を示した図もある。また次のPackardの著書も参照した。
　Jerrold M.Packard. *FAREWELL IN SPLENDOUR: The Passing of Queen Victoria and Her Age*, Sutton Publishing. 2000.

(7) ルイス・キャロルの『不思議の国のアリス』(一八六五年)の第五章「気違いのお茶会」は三月ウサギ(March Hare)の庭園で開催される。それはカイザーも引用したMad as March Hare(三月ウサギのように気が狂っている)という慣用句に基づいている。
　一説には野ウサギは三月に発情期に入る事で落ち着きがなくなるからという説明がなされるが、その語源は明らかではない。

第二章　漱石『三四郎』と『オルノーコ』について

はじめに
――二つの『オルノーコ』について――

漱石の小説『三四郎』は一九〇八（明治四十一）年の九月一日から十二月二十九日まで朝日新聞に連載された。この作品は、九州から上京し帝大で文学を専攻する小川三四郎という青年が主人公である。物語は二十三歳の三四郎が、東京で佐々木与次郎、広田萇、野々宮宗八・よし子兄弟など様々な人物に出会うことを通じて展開する。そしてそれは最終的に三四郎が恋心を抱く里見美禰子という女性との関係の顛末に収斂する。

さて『三四郎』には二種類の『オルノーコ』が登場する。一つは十七世紀の「女性として最初の職業著述家」として知られる英国の女傑アフラ・ベーン（Aphra Behn, 1640~1689）の小説『オルノーコ』（一六八八年）である。オルノーコという名の黒人の王子が、南西アフリカ（現在のアンゴラまたはナミビア）から当時、英国の植民地であった南米のスリナムに強制的に連れさられたうえ、奴隷の境遇に落とされるという内容を持つ。『三四郎』では、三四郎がベーンの小説集を帝大の図書館で偶然見つけたということから作品内の話題として登場する。

帝大の選科生である佐々木与次郎が、アフラ・ベーンについて一高の英語講師である広田先生に尋ねる。


「全体何です、そのアフラ、ベーンと云ふのは」

「英国の閨秀作家だ。十七世紀の」

「十七世紀は古過ぎる。雑誌の材料にやなりませんね」

「古い。然し職業として小説に従事した始めての女だから、それで有名だ」

「有名ぢや困るな。もう少し伺つて置かう。どんなものを書いたんですか」

「僕はオルノーコと云ふ小説を読んだ丈だが、小川さん、さういふ名の小説が全集のうちにあつたでせう」

三四郎は奇麗に忘れてゐる。先生に其梗概を聞いて見ると、オルノーコと云ふ黒ん坊の王族が英国の船長に瞞されて、奴隷に売られて、非常に難義をする事が書いてあるのださうだ。しかも是は作家の実見譚だとして後世に信ぜられてゐたといふ話である。（『三四郎』四）

もう一つの『オルノーコ』とはベーンの死後、アイルランド出身の劇作家トーマス・サザーン（Thomas Southerne, 1660～1746）が、上記のベーンの小説を脚本に仕立てた戯曲『オルノーコ　悲劇』（一六九六年）である。『三四郎』では、再び広田先生が与次郎に戯曲の存在を教え、さらにそのなかに有名な句があることを告げる。


「今のオルノーコの話だが、君は疎忽しいから間違へると不可ないから序に云ふがね」と先生の烟が一寸途切れた。

「へえ、伺つて置きます」と与次郎が几帳面に云ふ。

「あの小説が出てから、サヾーンといふ人が其話を脚本に仕組んだのが別にある。矢張り同じ名でね。それを一所にしちや不可ない」

「へえ、一所にしやしません」

洋服を畳んで居た美禰子は一寸与次郎の顔を見た。

「その脚本のなかに有名な句がある。Pity's akin to loveといふ句だが……」それ丈で又哲学の烟を熾に吹き出した。（『三四郎』四）

他の漱石の作品と同様、『三四郎』にはアフラ・ベーンやトーマス・サザーン以外にも文学や絵画、さらに物理学といった多様な分野で活躍した多くの西洋人の名が言及されている。しかし、『三四郎』において最も重要な西洋人の列伝は英国十七世紀の文人であろう。次に挙げるのが同作に登場する英国十七世紀の著者と著作である。

【『三四郎』に登場する英国十七世紀文学作品】

○ ウイリアム・シェークスピア『ハムレット』（一六〇二年成稿）
○ フランシス・ベーコン『エッセイズ』（一六二五年成稿）
○ サー・トーマス・ブラウン『ハイドリオタフィア』（一六五八年）
○ アフラ・ベーン、小説『オルノーコ』（一六八八年）
○ トーマス・サザーン、戯曲『オルノーコ 悲劇』（一六九六年）

三四郎が九州から上京する列車のなかで最初に開いてみるのはフランシス・ベーコンのエッセイ集（一六二五年成稿）である（全集⑤：283）。そしてシェークスピアの『ハムレット』（一六〇二年成稿）は広田先生が自分の独身主義を語る際に言及され（全集⑤：580）、また、三四郎とその仲間は文芸協会のハムレット劇を観劇する（全集⑤：589）。作品を通して美禰子が三四郎に空の雲の形状について何度も語りかけるのは、ハムレットがポローニアスをからかう場面のパロディーと思われる（全集⑤：376, 414）[1]。

小説の後半では、三四郎が広田先生に紹介してもらった医者でエッセイストのトーマス・ブラウン作『ハイドリオタフィア』（Browne 1967所収）に大いに感動し、ブラウンの美文調の散文を何度も自己流に日本語に訳してみせる。このように『三四郎』には十七世紀の英文学が横溢している。[2]

しかし右の表を英文学史の王道に近づけるためには、マイナーなベーンとサザーンを削除し、少なくともミルトン（John Milton, 1608～1674）とドライデン（John Dryden, 1631～1700）を加える必要があるだろう。特にベーンが活躍した王政復古の時代（一六六〇～一六八〇年）は後世「ドライデンの時代」とまでいわれる。これはドライデンが桂冠詩人として、スチュワート王朝への頌徳文を次々と執筆し、さらに劇作、古典文学（特にウェルギリウス）の翻訳でも時代を代表する傑作を残したことによる。

第一節　小説版と戯曲版『オルノーコ』について

本節では、ベーンの小説『オルノーコ』（一六八八年）のあらすじを示すとともに、それを原作とし、戯曲化したサザーンの戯曲『オルノーコ　悲劇』（一六九六年）との相違について明らかにしておきたい。[3]

最初にベーンの小説『オルノーコ』の梗概を掲げる。この小説は全く章立てがなされていないので、便宜上、その展開から次の三部に分けることとする。

すなわち、以下のように名づける。

①「アフリカでの物語」
②「奴隷船での物語」
③「南米スリナムでの物語」

【小説『オルノーコ』のあらすじ】

①「アフリカでの物語」

南西アフリカの王族の王子であるオルノーコは、王である祖父を補佐する立場である。そして、実際の部族同士の抗争では、年老いた王の代わりに前線を指揮する勇者である。また彼はキリスト教の信者ではないが、高い道徳心を持つ。加えて英語とフランス語を解し西洋の教養も身に着けている。ただし、他の王族と同様に、オルノーコは他部族との抗争に勝利して得た捕虜を白人の奴隷商に売却することに関しては、まったく道徳的な問題はないと考えている。

ある日、オルノーコは美しい黒人女性、イモインダ（Imoinda）と出会い、恋に落ちる。二人は逢瀬を重ねるが、イモインダは王の後宮に召されてしまう。王は老齢のためにイモインダとの結婚を成就できない。しかし、王はイモインダがすでにオルノーコと関係を持ったことに激怒し、彼女を奴隷商人にこっそり売り渡す。オルノーコはその事情を知らされず、イモインダは王によって死刑に処せられたと信じ、悲しみに暮れる。そんなときオルノーコは英国人の奴隷船船長から船上での宴会に招かれる。しかしこれは罠であり、気づいたときはオルノーコとその仲間は奴隷船の牢に繋がれ、船は南米のスリナムに向かって出港していた。

②「奴隷船での物語」

オルノーコは自分が王族であり奴隷になる身分ではないとして釈放を要求するが、船内の牢に閉じ込められる。オルノーコは抗議のため断食を開始すると他の黒人奴隷もこれに倣って断食を始める。これに困った英国人船長はオルノーコを懐柔するために、次の寄港地でオルノーコを送り返すと約束する。しかしそれは嘘で、オルノーコは怒るが逆に、鞭打ちの刑を受けるはめになる。しかしオルノーコはスリナムに到着すれば植民地の知事がすべての誤解を解き、送り返してくれるだろうという船長の約束を信じる。

③「南米スリナムでの物語」

スリナムでは著者アフラ・ベーン自身がオルノーコと交流し、物語を実見譚として語る。スリナムに到着したオルノーコとその一行は奴隷として様々な植民地経営者に売られていった（この時代スリナムには四十〜五十箇所のサトウキビ農園があった）。オルノーコ自身は英国人知事のプランテーションに売られていった。ところが知事は国外に滞在しており、オルノーコは自らの境遇を不当なものであると訴えることができない。しかし、オルノーコはその黒人らしからぬヨーロッパの貴族的な人格からカエサルと名付けられ、他の奴隷よりは多くの自由とよい待遇を与えられる。

ベーンとその友人たちはオルノーコに率いられ原住民（インディアン）の集落への冒険旅行を試みる。またオルノーコは死んだと思っていた（ここではクレメーンと名付けられた）イモインダと再会する。しかし白人の副知事がイモインダを愛人にしようと迫っていた。オルノーコは彼女を救い、二人は愛し合い、やがてイモインダは子供を身ごもる。オルノーコは自分とイモインダを解放してくれたら、その代わりにはるかに多くの黒人奴隷をアフリカから提供すると持ちかけるが、これも英国人植民者から拒絶される。このためオルノーコは他の奴隷たちから自由を求めて反乱を起こす指導者になることを懇願され、これを引き受ける。しかし反乱は最初、成功したようにみえたが、一部の黒人の離反もあり、失敗に終わる。オルノーコは、自分のような高貴な血筋はともかく、生まれの卑しいものは奴隷になって当然だという確信を深める。

オルノーコは拘束され、再び鞭打ちの刑を受ける。オルノーコは自分が死ねばイモインダも生きていけないと悟り、自らの手で身重のイモインダの命を奪う。最後にオルノーコは英国人に捕らわれ、鼻をそがれ、四肢を切断され惨たらしく殺される。しかしオルノーコは処刑される間、タバコを吸いながら耐え、ひとことも声を上げることはなかった。

現在、この小説はベーンによる奴隷制への批判を意図した作品とみなされることが多い。しかし、王党派のベーンによるスチュワート朝への挽歌として解釈する方が同時代の読みに近いと思われる。このような同時代人の英国人の読み方としては二つ考えられる。一つには、オルノーコとはジェイムズ二世自身のことであるとするものである。彼らの間には王子が一六八八年に生まれた（James Francis Edward, 1688～1766）。しかし、この王子がジェイムズ三世として王となることはなかった。生まれてすぐに名誉革命（一六八八年）が勃発し、両親とともにフランスへの亡命を余儀なくされたのである。カソリックのスチュワート朝の成立を恐れたプロテスタントの議会派が、オランダからウィリアム・オレンジ公を担ぎ出し、ジェイムズ二世の王位を奪った。『オルノーコ』のイモインダの胎内で絶えた子供はこの王子の比喩であったとする見方である（Duffy 1977: 275）。

もう一つの読み方は、オルノーコはモンマス公（Duke of Monmouth, 1649～1685）のことであるとする。モンマス公はチャールズ二世の庶子であるが、一六八五年に叔父でカソリックであるジェイムズ二世の王位継承に反対して反乱を起こした。しかし、ジェイムズ二世はこの反乱を鎮圧すると無情にも従弟のモンマス公の首を刎ねた。さらに反乱に参加した者のうち、主要な三百人を八つ裂きに処し、この極刑を逃れた者は高貴の身分な者も奴隷として植民地に売られた。彼らは『オルノーコ』で奴隷として売られ、最後には無残に死刑にされるオルノーコの運命を彷彿させる（Corns 2014: 415）。

次に、ベーンの小説『オルノーコ』（一六八八年）と比較したサザーンによる戯曲『オルノーコ　悲劇』（一六九六年）の特色を（Ⅰ）〜（Ⅵ）として列挙したい。

【戯曲『オルノーコ　悲劇』の特色】

（Ⅰ）戯曲であることから、語り手（アフラ・ベーン）の実見譚という形式は採らない。しかし、英国人の女性が資産を持つ婿を植民者のなかから探しにスリナムに行くというサブ・プロットがサザーンの戯曲にある。

（Ⅱ）原作に倣いオルノーコは「黒人」らしからぬ高貴な人物であるとするが、これを強調するためであろうか、オルノーコの台詞の多くがブランク・ヴァース（blank verse）を用いて書かれている。これはシェークスピア劇によく用いられた弱強五歩格の韻律である。

（Ⅲ）オルノーコの妻、イモインダは黒人ではなく白人女性である。これは白人の女優に黒い染料を塗ることに無理があったとも考えられる。しかし、サザーンはシェークスピアの『オセロ』（初演一六〇四年）にみられるオセロとデズデモーナの異種族通婚を盛り込みたかった可能性が大きいと思われる。

（Ⅳ）オルノーコはスリナムの農場で、かつてアンゴラで自分の召使いであったアボアン（Aboan）

という奴隷に再会する。アボアンはオルノーコにすべての奴隷を率いて反乱を指揮して欲しいと懇願する。しかしオルノーコは彼ら（英国人植民者）は黒人を正当に買い取ったのであり、オルノーコは黒人が彼らの財産であることを尊重するという。そして英国人が我々を奴隷にしたのではなく、奴隷制という制度がそうしたのだという不思議な論理で懇願を一度は拒絶する。これはサザーンがオルノーコの口を借りて、英国人、特に植民地進出に積極的であったウィッグ党の海外植民地経営に対する態度を代弁したものとみられる。結局、戯曲のオルノーコも小説『オルノーコ』と同様に、自分自身とイモインダ、そして生まれてくる子供の幸せを確保したいという理由で奴隷の反乱を指揮することを引き受ける。

（Ⅴ）オルノーコの最期が大きく異なる。オルノーコは反乱が失敗した後、イモインダの合意のもとに彼女の命を奪うのは小説と同じであるが、戯曲では、オルノーコは次に自分を誘拐した英国人船長を殺し、その後に執拗にイモインダを妻にしようとしていた英国人の副知事を刺し殺す。そして最後にナイフを自分に向け名誉の自害を遂げる。

（Ⅵ）広田先生が教示しているように、原作にはないオルノーコの台詞Pity is akin to love. が戯曲に出てくる（第二幕、第一場）。この台詞は十九世紀にはたいへん有名になり、名言辞典の多くに収録されていたようだ。(4)『三四郎』（四）では、この台詞を与次郎が「可哀想だた惚れたつて事よ」と男女の関係のように訳し、広田先生の「不可ん、不可ん、下劣の極だ」という批判を浴びている（全集⑤：387）。実際これは男性から男性への台詞である。スリナムでのオルノーコの惨めな境遇に同情の意を表した英国人の植民者ブランドフォードに、オルノーコが「君が僕を同情しているという言葉は本当にありがたい」ということを芝居気たっぷりに表現したものである。（Ⅱ）でのべたようにオルノーコはシェークスピア劇のような台詞を口にする教養人として描かれているのである。

第二節　アフラ・ベーン、「植民地文学」とラフカディオ・ハーンについて

ベーンは十七世紀末に没してから、長い間、英文学史家から軽視されてきた。(5) しかし、ベーンは二十世紀後半のポスト・コロニアリズムの思潮のなかで再発見された。それはベーンの晩年の小説『オルノーコ』（一六八八年）と戯曲『ランター未亡人』（*The Widow Ranter*）（一七〇二年死後出版）が、「植民地文学」（Colonial literature/discourse）というジャンルの先駆者であったという見解に基づく。十七世紀に入ると西洋諸国は、南北アメリカ、そしてカリブ海諸島といった新世界での植民地経営を本格化させた。そんな時代に欧州からはるかに隔たった植民地を舞台にして、征服者としての白人、被征服者としての原住民、そしてアフリカから連れてこられた黒人奴隷という三者の関係を軸とした「植民

地文学」が生まれたとされる。

『オルノーコ』は、当時の英国の植民地であった南米のスリナムを舞台にしている。『ランター未亡人』は北米のヴァージニア植民地で起こった植民地政府に対する反乱（Bacon's Rebellion, 1676）をモデルにしていると考えられる。英国は十九世紀中葉に世界の三分の一を植民地化するが、十七世紀末はスペイン、ポルトガルに出遅れ、まだその出発点にあり、この二つは数少ない植民地であった。ポスト・コロニアルな読み方は、これら「植民地文学」の中に、奴隷と原住民に対する征服者（白人）の態度に西洋人の欺瞞と傲慢があぶりだされているということや、逆に被征服者や黒人奴隷の文化が白人に影響を与えたことなどの、三者の複雑な関係を探ろうとする試みである。(6)

ところで、漱石にとって『オルノーコ』はどのようにして『三四郎』とつながったのであろうか。私見では、漱石が『オルノーコ』に注目したのは、ラフカディオ・ハーン（Lafcadio Hearn, 1850～1904）の小説の系譜を遡ってベーンを発見したことによると思える。ハーンは帝大、一高の英文学講師として漱石の前任者であった。一九〇三（明治三十六）年二月にハーンが退官すると、同年四月にロンドン留学から帰国して間もない漱石が任官している。漱石がハーンを帝大の前任者として意識したのは当然であろう。

『三四郎』のモチーフの一つが与次郎を中心にした帝大の教授人事に関する運動である。それは「偉大なる暗闇」こと広田先生を帝大の教授に据える事を目的としていた。この運動は与次郎の奮闘も空しく頓挫してしまう。三四郎は帝大の講義室で初めて与次郎に出会うが、その直後、与次郎はハーン（小泉八雲）について語る。ちなみにハーンは一九〇四（明治三十七）年九月に没している。

（与次郎は）死んだ小泉八雲先生は教員控室へ這入るのが嫌で講義が済むといつでも此周囲をぐる〳〵廻つてあるいたんだと、恰も小泉先生に教はつた様な事を云つた。（『三四郎』三）

ハーンは生涯に二篇の小説を執筆した。それが『チータ』（一八八九年）と『ユーマ』（一八九〇年）である。どちらも日本に来る前に滞在した異郷での見聞に基づく作品である。これらは「植民地文学」の範疇に入れることが可能であろう。

東京帝大の講師に採用された際、ハーンの文学的名声はこの二つの作品に拠っていた。『チータ』はメキシコ湾の孤島を、『ユーマ』はカリブ海のフランス領マルチニーク島を舞台にしている。前者は一八五六年の実際に北米ルイジアナで起こった大ハリケーン災害に基づいており、そのとき家族と離れ離れになった五歳のクレオールの少女が成長し、やがて父親と再会する話である。そして後者は一八四〇年代にマルチニーク島で実際に起こった黒人奴隷の反乱に基づいており、黒人の奴隷少女ユーマが主人公である。彼女は白人家族に子守として同居していた。しかし、自由を求める黒人たちの暴動で主人の家が火事になったとき、黒人の恋人を捨てて、白人の娘を助けるために自らの命を犠牲にする。ここには黒人奴隷のなかにも、他の奴隷はもとより、支配者の白人以上に高貴な精神を有する者がいるというハーンの主張があるようだ。しかし、ユーマの「高貴な精神」とは、意地悪に解釈すれば、白人支配者に都合のよいものであるという点でオルノーコの白人の理不尽さへの抵抗とはまったく異なるといえるだろう。

第三節　アフラ・ベーン、王政復古喜劇と『三四郎』について

アフラ・ベーンは死後、著名な文人として（聖堂の入り口というあまり良くない場所ではあるが）ウェストミンスター寺院に埋葬されている。ベーンは王政復古の十七年間の活動期間に十七の芝居をロンドンの劇場にかけた。これは同時代のどの劇作家よりも多い数である。しかもロンドンに劇場が二つしか認可されていなかった時代のことである。(7) いかにベーンが劇作家として成功したかがわかる。またベーンは詩人としてはロチェスター伯爵（2nd Earl of Rochester, 1647～1680）を代表とする放蕩派の詩人グループに属しており、大胆に性愛を題材に採った作品を発表していた。これらの活躍によりベーンは生前から、紀元前六世紀頃の偉大なギリシアの女流詩人サッフォーにもなぞらえられた。この「サッフォー」という呼び名は、すぐれた女流文人としてベーンを称賛する側と、恋愛遊戯を好む放蕩女の代表として中傷する側の両方によって用いられていた。

『三四郎』では美禰子に（サッフォーのような）作家としての資質があるように書かれている。よし子

は運動会からの帰り道、崖に差し掛かると、サッフォーが美少年パオンとの悲恋のために断崖から飛び降りた故事を踏まえて話す。そして三四郎は美禰子とともに追従笑いをしてみせる。これは『オルノーコ』の作者ベーンと美禰子を結びつける鍵の一つであろう。

「絶壁ね」と大袈裟な言葉を使った。「サッフオーでも飛び込みさうな所ぢやありませんか」美禰子と三四郎は声を出して笑つた。其癖三四郎はサッフオーがどんな所から飛び込んだか能く知らなかつた。

（『三四郎』六）

ベーンの生い立ちに関しては諸説あるが、高貴な生まれではなく英国南東部のカンタベリー周辺の中間層の家庭にアフラ・ジョンソン（Aphra Johnson）として生まれたということでは一致している。そして一家はスチュワート朝を支持する王党派の家系であった。『オルノーコ』のなかでは父親が南米スリナムの植民地監督官として派遣されるのに同行して、スリナムにベーンも渡ったと記されている。しかし父親は彼の地に渡る渡航中に病死し、ベーンは一年ほどスリナムに滞在した後、帰国したとしている（一六六三年頃とされる）。これは『オルノーコ』執筆のための作り話であるという批判は同時代にもあった。しかしながら現代のベーン研究では、ベーンが何らかの方法で数カ月スリナムに滞在したことは事実と認めている見解が優勢である。なおスリナムは、一六六七年には、英国からオランダの植民地に移管され、オランダから独立を果たしたのは一九七五年である。

英国に帰還後、アフラ・ジョンソンは結婚し、ベーン（Behn）という姓を得るが、ベーン氏については、どのような人物であったか全く分かっていない。離縁したのか死別したのかさえ不明である。（アフラ）ベーンは語学に堪能であったようで、イギリスとオランダが緊張関係にあった一六六五～一六六六年にチャールズ二世の命を受け、密偵としてアントワープに滞在したことは記録が残っている。

ベーンの劇作家としての活動はこのアントワープ滞在から帰国してから始まった。王政復古の時代（一六六〇～八八年）のロンドンの劇場では、その前の共和制の抑圧されていた社会への反動から、あけすけな男女の恋の駆け引きをテーマにした喜劇が人気を博した。実際クロムウェルの時代には演劇は浮薄であるとしてすべての劇場が閉鎖されていたのである。「王政復古喜劇」（Restoration comedy）は赤裸々に男女の性的放縦をも描き、女性も男性に負けずに積極的な立場をとる。例えばベーンの代表作"The Rover"（一六七七年初演）は王党派の騎士ウィルモアに対し、高級娼婦のアンジェリカと男装の麗人ヘレナが恋敵として丁々発止を繰り広げる。

『三四郎』の与次郎は、我儘で普通の女性以上の自由を有する美禰子を評してイブセン流であるという（全集⑤：430, 494）。しかし美禰子には、むしろ「王政復古劇の放蕩女」（Restoration rake）の面影はないだろうか。彼女たちは男勝りで、男性に対して物怖じしない。そしてなにより恋愛遊戯に長けている。例えば美禰子は堂々と理学士、野々宮宗八に「空中飛行器」の詩的解釈を主張して譲らない（全集⑤：404-405）。さらに美禰子と野々宮宗八の間には、恋の駆け引きが三四郎の知らないところで展開されているのは確かのようだ。例えば、美禰子に小間物屋でリボンの贈り物を買う野々宮の姿がある（全集⑤：307）。そして美禰子は野々宮の面前で、三四郎に囁くふりをする。これには野々宮に嫉妬心を持たせようと目論む権謀家の姿勢が垣間見える（全集⑤：504）。しかも美禰子は野々宮との恋の当て馬に三四郎を利用しておきながら、小説の末章で、どちらでもない男との結婚をあっさりと決める（全集⑤：604）。これらは王政復古喜劇に比べれば、はるかに抑制された男女の駆け引きであるが、その手管に共通するものがあるのではないだろうか。

一方、野々宮よし子の方は、男性に媚びるところのない上流階級の無垢な女性のタイプである。男に関して無知で無防備であるがゆえに、かえって三四郎を奴隷のように振る舞わせる。これは王政復古喜劇によく登場する無邪気な「処女」の役柄と共通する。

三四郎は無邪気なる女王の前に出た心持がした。命を聴く丈である。御世辞を使ふ必要がない。一言でも先方の意を抑へる様な事をいへば、急に卑しくなる。唖の奴隷の如く、さきの云ふが儘に振舞つてゐれば愉快である。三四郎は子供の様なよし子から子供扱ひにされながら、少しもわが自尊心を傷けたとは感じ得なかつた。

（『三四郎』五）

さらに王政復古喜劇に不可欠な、憎めないマッキャベリアンで放蕩者の姿は佐々木与次郎にみることができる。与次郎は文芸雑誌に広田先生を称賛する「偉大なる暗闇」なる匿名論文を投稿する。しかし広田先生の教授就任運動は失敗する。その直後、匿名論文の著者は小川三四郎であるとの新聞記事が出る（全集⑤：562）。この噂を流したのは与次郎自身ではないだろうか。また与次郎は、広田先生から預かった二十円もの大金を競馬で散財してしまい、三四郎から借り入れて穴埋めする。しかしその後、三四郎への返済の意図はまったくみられない（全集⑤：479）。最後に与次郎は、女性を誘惑するのに自分は医学生だと偽ることも辞さない破廉恥な男であることを自ら三四郎に語る（全集⑤：595–596）。

ベーンの王政復古喜劇は十八世紀になると上演されることが稀となった。そして「女性として最初の職業著述家」としてベーンの名声はむしろ悪口となった。つまり女だてらに娼婦や放蕩者ばかり登場する芝居、詩、小説を実名で書いた作家ということで、特に男性作家から嫌われるようになった。例えば前述の劇作『ランター未亡人』のランター未亡人は男装してヴァージニア植民地で英軍の統治者への反乱に参加し、彼女は刀をもって戦闘に参加する。しかし十八世紀以降の（主として男性作家によって書かれた）小説や劇作に登場する女性は、そのような男勝りの女性像が描かれることはなく、（表面的であれ）おとなしい淑女としての姿が好まれるようになった。

また中流階級以上の女性が、職業作家として実名で小説を出版することなど下品な試みとみなされ社会的に受け入れがたくなった。それゆえ匿名か仮名を使うのが慣習となった。この傾向は十九世紀も続いた。実際、漱石も高く評価する女流作家ジェーン・オースティン（Jane Austen, 1775~1817）が、最初の小説『分別と多感』（*Sense and Sensibility*）を一八一一年に出版したときにも著者名は匿名（by a lady）とされた。そしてこの匿名性はオースティンが死去するまで続いた。

第四節　三四郎とオルノーコの「黒さ」とアフリカについて

ベーンの『オルノーコ』の正式な表題は*Oroonoko or The Royal Slave, A True History*である。『オルノーコ　または王族の（高貴な）奴隷、実見譚』とでも訳せるだろう。「王族の（高貴な）奴隷」という言葉は、奴隷という身分で「高貴」であるはずがないので、これは撞着語法である。いうまでもなく、ベーンの時代から近代に至るまで、「白い肌」は洗練された西洋の教養と高い道徳を持つ人々を表し、「黒い肌」は未開で野蛮な人々を象徴していた。しかし、ベーンはオルノーコに「黒人」離れした高貴な魂と肉体があるとした。それはオルノーコが通常の黒人の「黒さ」を超越して、威厳ある素晴らしい「黒檀のような黒さ」（perfect Ebony）を持つとされていることに象徴されている。オルノーコの顔立ちに関しては、それは典型的なアフリカの黒人の様ではなく、鼻はローマ人風で唇も形よく、オルノーコはヨーロッパの貴種に劣らないことを付け加える。そしてオルノーコは神話的に強靭な肉体を備えており、スリナムではトラや電気ウナギのような猛獣も退治できる英雄であることがベーン自身の実見譚として語られる。

スリナムで奴隷の境遇に落とされたオルノーコがカエサル（Caesar）と呼ばれたのは、このように他の奴隷とは一線を画した高貴な外見とそれに見合った精神を持つことによる。オルノーコに遭遇した原住民（インディアン）も敬意を払わざるを得ない所以である。しかし、キリスト教徒である英国人の植民者の一部は、どうしようもなく粗野で腐った道徳心の持ち主である。人の善意や名誉を信じるオルノーコは、これらの卑劣な「白い人」に何度も裏切られる。オルノーコの妻であるイモインダもオルノーコにふさわしい神話的な美しさを持つ「黒いヴィーナス」として描かれている。

漱石が『三四郎』の第三章を執筆中に、思いつきで『オルノーコ』を登場させたのではないことは明らかである。それは第一章の冒頭で三四郎が福岡から東京に向かう汽車のなかで京阪神に近づくと、女の色が次第に白くなると感じる場面に現れている。そして三四郎は京都から乗り合わせた女の肌の色が珍しく「黒い」すなわち「九州色」であることで懐かしく感じる（全集⑤：273）。この場面は後にオルノーコの「黒さ」を連想させる伏線であると考えられる。

さらに浜松で見かけた西洋人（白人）の団体の姿が美しいと感嘆する三四郎がいる。

かう云ふ派手な奇麗な西洋人は珍らしい許りではない。頗る上等に見える。三四郎は一生懸命に見惚れてゐた。（『三四郎』一）

そして東京では三四郎とオルノーコの「黒さ」が明確に結び付けられる。

「面白いな。里見さん、どうです、一つオルノーコでも書いちやあ」と与次郎は又美禰子の方へ向つた。

「書いても可ござんすけれども、私にはそんな実見譚がないんですもの」

「黒ん坊の主人公が必要なら、その小川君でも可いぢやありませんか。九州の男で色が黒いから」

「口の悪い」と美禰子は三四郎を弁護する様に言つたが、すぐあとから三四郎の方を向いて、「書いても可くつて」と聞いた。


（『三四郎』四）

『三四郎』の時代、オルノーコの子孫であるアフリカの「黒ん坊」たちはどのような境遇にあったのだろうか。十九世紀末、アフリカの奴隷貿易は下火になったものの、欧米列強の直接的なアフリカの植民地支配と蹂躙は強まっていた。英国は一八九八年にキッチナー元帥の軍隊が一八八一年から続いていた南スーダンのマフディーの反乱を虐殺に近い形で制圧した。またドイツの植民地と化していた南西アフリカのナミビアでは、帝国ドイツ軍がヘレロ族とナマ族の蜂起に対して冷酷な殲滅作戦を一九〇四年から一九〇七年まで展開し、女、子供を含む七万人が犠牲になりナミビアの社会基盤が完全に崩壊した（Schaller 2013: 90）。さらに内陸のコンゴでは、ベルギーのレオポルド二世が一八八五年から一九〇八年まで、コンゴを「私有地」として、稀に見る非人間的な搾取と虐待を原住民に対して行っていた。このことは英議会に提出された「コンゴ報告書」（一九〇四年）によって全世界に知れ渡った。(8) 美禰子が本気で二十世紀初頭の「オルノーコ」を書くのならば、それは前作以上に凄惨な悲劇にならざるを得なかったろう。またその悲劇の舞台は、スリナムに移動する必要がなく最後までアフリカであったに違いない。

おわりに

十八世紀後半より英国で奴隷貿易への批判が高まると『オルノーコ』は、もっぱら黒人の王子がアフリカから無理やり連れ去られ、スリナムで奴隷の身分に落とされるという非人道性を批判した小説あるいは戯曲として広く知られるようになった。

三四郎の場合はオルノーコのように騙されて故郷から連れさられたのではなく、自らの意志で帝国大学に進学するために東京に向かった。しかしながら、漱石は三四郎にオルノーコと同じ「奴隷に落とされた青年」という境遇を重ねていなかっただろうか。つまり三四郎が列車で向かった「東京」にオルノーコの「スリナム」が重ねられていたのではないか。三四郎の場合はあくまで精神的な意味合いの「植民地」であり、肉体的な強制を伴う場所ではない。しかしオルノーコも三四郎も共に「奴隷」にされるために故郷を去り、異郷に向かったという寓意があったのではないか。

漱石に以下のような、ある種の日本人は「西洋ノ理想」に圧倒されている奴隷だとした断片（一九

○六年断片35D）がある。

理想ハ自己ノ内部ヨリ躍如トシテ発動シ来ラザル可ラズ。奴隷ノ頭脳ニ何等ノ雄大ナル理想ノ宿リ得ル理ナシ。西洋ノ理想ニ圧倒セラレテ目ガ眩ム日本人ハアル程度ニ於テ皆奴隷ナリ。奴隷ヲ以テ甘ンズルノミナラズ、好ンデ奴隷タラントスル者ニ如何ナル理想ノ脳裏ニ醗酵シ得ベキゾ。既ニ理想ノ凝ツテ華ヲ結ブ者ナクンバ芸術ハ死屍ナリ〔この項抹消〕（全集⑲：248）

広田先生が初対面の三四郎に、日本一の名物は富士山であるが、それは天然自然の産物で日本人が拵えたものではない。このままでは日本は「亡びるね」と言い切った事（全集⑤：292）と、この断片はつながると思える。つまり日本人が、自分たちの「雄大ナル理想」を苦労して模索しないで、今のように「西洋ノ理想」を奴隷のように追い求めていればいずれ破滅するであろうという警告である。ここで漱石は、日本人が「西洋人の奴隷」であるというよりも、「西洋の理想」に対する奴隷であるといっているようだ。当時の「西洋の理想」とは、畢竟、植民地の拡大を通じて帝国主義国家として勝者になることではなかったか。

さて二十世紀に入るとようやくアフラ・ベーンの再評価が始まる。その第一のきっかけは「王政復古の演劇」（Restoration Drama）の研究家サマーズ（Montague Summers, 1880～1948）による『アフラ・ベーン全集』（Summers 1915）の刊行であった。これは五十部の限定出版であったが、この全集は史上初めてベーンの演劇、小説そして詩作のすべてを集めたものであった。いうまでもなく漱石が『三四郎』（一九〇八年）執筆前にこの全集を見ることはできなかった。

二十世紀後半のアフラ・ベーン評価の急速な高まりをみるにつけ、漱石が『三四郎』において、当時は評価の低かったアフラ・ベーンを採りあげたのは慧眼であったと思える。英国でのアフラ・ベーン再評価が決定的になったのは、はるか漱石の死後のことである。それは二十世紀を代表する女流作家ヴァージニア・ウルフ（Virginia Woolf 1882~1941）が著書（Woolf 1929）のなかで「アフラ・ベーンはすべての女性が、彼女の墓所に花束をささげるべき存在」と称えたことが大きなきっかけとなった。[9] ウルフはフェミニストの視点からアフラ・ベーンが最初の女流職業作家として、女性に新しい表現の可能性を与えたとして評価した。その後、Duffy（1977）とGoreau（1980）という二つの優れた評伝が書かれた。そして一九八六年にローヤル・シェークスピア・カンパニーがベーンの代表的な王政復古喜劇 *The Rover*（初演一六七七年）を再演するに至って二十世紀におけるアフラ・ベーンの復権は完成したといえよう。

注

（1）（Hamlet 1602 第三幕、第二場）

HAMLET　Do you see yonder cloud that's almost in

shape of a camel?
POLONIUS By th'mass, and 'tis like a camel indeed.
HAMLET Methinks it is like a weasel.
POLONIUS It is backed like a weasel.
HAMLET Or, like a whale?
POLONIUS Very like a whale.

ここではハムレットがポローニアスに空の雲の形がラクダに見えたかと言うといやイタチだ、鯨だと言い換えるが、そのたびポローニアスは、まことに仰せの通りでございますと返事をする場面である。後にハムレットは叔父の王を殺すつもりで誤ってポローニアスを刺し殺す（第三幕、第四場）。

（2）漱石は十八世紀の英文学に関してはまとまった講義録（全集⑮）を残しているが、十七世紀に関してはそのような講義録を残していない。しかし、漱石は十七世紀英文学にも熟知していた。

（3）ベーンの小説集の出版状況を考えると、漱石が読んだアフラ・ベーンの小説集とは『アフラ・ベーン夫人の小説：E・A・ベーカー解説、編集』（Baker 1905）の可能性が高いと思われる。これ以前の一八七一年にベーンの小説集が限定出版されたというが、漱石がこれを見た可能性は低いとみられる。ベーカーは巻頭解説（Baker 1905: xxiv）で、サザーンがベーンの小説『オルノーコ』を使って「ひどい悲劇」（a very bad tragedy）を書いたと説明している。これは広田先生が与次郎に「あの小説が出てから、サヾーンといふ人が其の話を脚本に仕組んだのが別にある。矢張り同じ名でね。それを一所にしちや不可ない」（全集⑤：386）の典拠ではないか。ただしベーカーは戯曲に特有のPity is akin to love.というオルノーコの台詞については触れていない。

（4）漱石蔵書目録にもある『諺・名言辞典』（Christy 1887：128）にもPity is akin to love.がある。ただし出典は記されていない。戯曲『オルノーコ』のPity's akin to love.に関してサザーンはおそらくシェークスピアの『十二夜』（Twelfth Night 初演一六〇一年）の次の台詞からヒントを得たと考えられている。

VIOLA　I pity you.
OLIVIA　That's a degree to love.
VIOLA　No, not a grise;
　For 'tis a vulgar proof,
　That very oft we pity enemies.

（『十二夜』第三幕、第一場）

『十二夜』では小姓「セザリオ」と名乗り、男装したヴィオラという女性が登場する。ヴィオラは主人オーシーノの使いで、求愛を伝えにオリヴィア姫を訪れる。しかし、その使者「セザリオ」にオリヴィア姫は一目ぼれしてしまう。オリヴィア姫の求愛に対し、正体を明かせないヴィオラは困ってしまい、I pity you.「あなたに同情する」と発した。それに対し、オリヴィア姫がThat's a degree to love.「その同情は私を愛することへの一歩に等しい」と受けたものである。そしてヴィオラは「いや、そんなことはありません。闘いにおいて我々はよく敵に同情することもありますから。」と返した。与次郎のPity's akin to love.の俗謡風の訳、「可哀想だた惚れたつて事よ」は『十二夜』のオリヴィアの台詞に関してはよく当てはまっているといえよう。付け加えれば、碩学の広田先生が戯曲のオルノーコの台詞が男性に向かって発せられたことを指摘しなかったのは不思議である。漱石自身、名言辞典でこの台詞を知っただけで戯曲『オルノーコ』を読む機会に恵まれなかったのかもしれない。

（5）　漱石と同時代で広く英文学史の第一人者とされていたゴス（Edmund Gosse. 1849〜1928）の『簡易英文学史』（Gosse 初版1897）にはアフラ・ベーンの記述がまったくない。そして王政復古期の演劇全般に対する評価は低い。

（6）　ポスト・コロニアリズムの視点での西洋近代文学の読み直しは、サイードの著書『オリエンタリズム』（Said 1978）をきっかけにして広く行われるようになった。

（7）　the King's Menとthe Duke's Companyという二つの劇場が一六六〇年から一六八二年までロンドンに存在した。

（8）　アイルランド人で英国の外交官であったケースメント（Roger Casement. 1864〜1916）が作成し、英国議会に提出した「コンゴ報告書」（一九一四年）はレオポルド二世による原住民への搾取と非情な残虐行為を全世界に明らかにした。これがきっかけとなり一九〇八年にベルギー議会は、レオポルド二世からコンゴ自由国の私有権を取り上げた。

（9） ‘All women together ought to let flowers fall upon the tomb of Aphra Behn which is, most scandalously but rather appropriately, in Westminster Abbey, for it was she who earned them the right to speak their minds.’（Woolf 1929: 98）

参考文献

全集⑤：『三四郎』漱石全集第五巻、岩波書店、一九九四年。

全集⑲：『日記・断片　上』漱石全集第十九巻、岩波書店、一九九五年。

Bacon（1905）: Francis Bacon, *Bacon's Essays*, Edited by F. G. Selby, London 1905.

Baker（1905）: Earnest A.Baker, *The Novels of Mrs Aphra Behn with an Introduction by Earnest A.Baker*, London, 1905.

Behn（1992）: Aphra Behen, *Oroonoko, The Rover and Other Works*, Edited by Janet Todd, London, 1992.

Browne（1967）: Thomas Browne, *The Prose of Sir Thomas Browne, Religio Medici, Hydriotaphia etc*, Edited by Norman J. Endicott, New York, 1967.

Christy（1887）: Robert Christy ed., *Proverbs Maxims and Phrases of all ages*, 2 vols, New York, 1887.

Corns（2014）: Thomas N.Corns, *A History of Seventeenth-century English Literature*, Oxford, 2014.

Duffy（1977）: Maureen Duffy, *The Passionate Shepherdess*, London, 1977.

Goreau（1980）: Angeline Goreau, *Reconstructing Aphra: A Social Biography of Aphra Behn*, Oxford 1980.

Gosse（1897初版）: Edmund Gosse, *A Short History of Modern English Literature*, First Edition 1897, 10th Edition London, 1923.

Hearn（1889）: Lafcadio Hearn, *Chita, A Memory of Last Island*, New York, 1889.

Hearn（1890）: Lafcadio Hearn, *Youma The Story of a West Indian Slave*, New York, 1890.

Said（1978）: Edward W. Said, *Orientalism*, NewYork, 1978.

Schaller（2013）: Dominik J. Schaller, Chapter III. 'The Genocide of the Herero and Nama in German South West Africa 1904～1907', *Centuries of Genocide, Essays and Eyewitness Accounts*, Fourth Edition Edited by Samuel Totten and William S. Parsons, Oxford, 2013.

Southerne（1871）: Thomas Southerne, *Oroonoko, A Tragedy in five acts*, Dick's British Drama Vol.IX London, 1871.

Sourtherne（1988）: Thomas Southerne,The Works of Thomas Southerne, 2 vols, edited by Robert Jordan and Harold Love, Oxford, 1988.

Summers（1915）: Montague Summers ed., *The Works of Aphra Behn*, 6 vols, London, 1915.

Todd（1996）: Janet Todd ed., *Aphra Behn Studies*, Cambridge, 1996.

Todd（1996）: Janet Todd, The Secret Life of Aphra Behn, London, 1996.

Woolf（1929）: Virginia Woolf, A *Room of One's Own*, London, 1929.

第三章　漱石『三四郎』における「ストレイシープ」の意味の変容について

――『共通祈祷書』との関連をめぐって――

はじめに

漱石の『三四郎』（一九〇八年）のなかで同作品を理解するための試金石とされている語句がいくつかあり、その一つが美禰子の発した「ストレイシープ」である。(1)キリスト教の世界では、神とイエス・キリストを「良き羊飼い」とし、信者を「羊の群れ」に喩えることが多い。またイエス・キリストは牧者であるとともに、人間の罪の贖罪のために神に捧げられる「神の仔羊」でもある。

小説の中盤で三四郎、美禰子、広田先生、野々宮とその妹よし子の五人は、団子坂の菊人形展に出かけるが、美禰子と三四郎は、グループから離脱し、二人だけの「迷子」となる。美禰子が三四郎に話しかける。

「迷子の英訳を知つていらしつて」
三四郎は知るとも、知らぬともいい得ぬほどに、此間を予期してゐなかった。
「教えて上げませうか」
「え、」
「迷へる子《ストレイシープ》——解つて?」

（『三四郎』五）

「迷子」の英訳ならばlost（またはstray）childあるいは複数形でlost（またはstray）childrenとでも言うべきであったろう。また英語に堪能な美禰子には、自分自身を「ブラックシープ」black sheep（家族やグループの中の厄介者）と自嘲的に語ることも可能だったように思える。それなのにわざわざstray sheepというキリスト教的な響きを持つ言葉を美禰子が選んだことには深い意味があったことは後に明かされる。

そして、美禰子がいう「ストレイシープ」とは群れから外れた（正しい道からそれた）羊のことを指し、道徳的な意味で迷ってしまった人間の比喩であると、団子坂の三四郎は瞬時に理解したと思われる。しかし、単複同型のstray sheepに三四郎自身は含まれているのか。三四郎にとってその答えは第六章に持ち越される。

多くの議論が、美禰子の「ストレイシープ」とは何かということに関してなされている。人生の行方について悩んでいた美禰子を指すという意見があり、美禰子に翻弄された三四郎を指すという意見もあれば、さらに美禰子と三四郎の両方を指すという説もある。

本章では、美禰子の「ストレイシープ」に対する三四郎の理解が、第五章、六章、十二章と小説の進行とともに、どのように変容したかについて考えてみたい。

美禰子の「ストレイシープ」は、これまでは、主として英訳聖書を典拠にしていると考えられてきた。しかし筆者は少なくとも小説の末尾では、「ストレイシープ」を英国国教会が出版した『共通祈祷書』（一五四九、一五五九、一六六二年）と関連して理解されるべきと考える。『共通祈祷書』は漱石の蔵書目録にないが、聖書とともに漱石が同書に目を通していたことは間違いないとみられる。

第一節　「迷へる羊」と「ストレイシープ」について

団子坂で「ストレイシープ」と美禰子にいわれたとき、三四郎は「責任を逃れたがる人」野々宮から逃走した美禰子自身とのことを語っていると考えたようだ（第五章）。

しかしその後、三四郎は美禰子から手書きの絵葉書を受け取る（第六章）。それには美禰子自身と三四郎を悪魔の前にたたずむ二匹の迷羊になぞらえた絵が書かれていた。これによって三四郎は美禰子の「ストレイシープ」に自分も含まれていたのだと理解する。絵葉書には「イソップにもない様な滑稽趣味がある。無邪気にも見える。洒落でもある」と三四郎は喜びを隠せない。そして「美禰子の使つたstray sheepの意味が是で漸く判然とした」とする。三四郎が「判然とした」というのは、美禰子が、群れから離れた、社会の外で自由な三四郎との二人の恋愛関係を欲しているという理解ではなかったか。

しかし第六章で三四郎が抱いたこの感傷的な「ストレイシープ」の理解は第十二章で再び覆される。美禰子が教会に通うクリスチャンであることはそれまで伏せられていた。このことが明らかになることで「ストレイシープ」の意味が全く変わってくると思われる。

美禰子が単に女学生の感傷的趣味から「ストレイシープ」と口にしたのではなく、教会に通うクリスチャンとしての発言であったのならば、彼女のいう「ストレイシープ」はもう一段深い第三の意味があったと思われる。それを明らかにするために、漱石が依拠した同時代の英文学でstray sheepという言葉がどのように使用されていたのかということを次節で検討する。

第二節　ヴィクトリア朝文学におけるstray sheep

実は、現代にいたるまで英訳聖書の標準となっているジェームズ王欽定聖書（King James Version, 1611）では、stray sheepという語句は全く使われていない。漱石の蔵書にある英訳聖書（一八九八年）もジェームズ王欽定訳の系統本でstray sheepという語は全く見当たらない。

しかし、英訳聖書を開いてみてもsinner（罪びと）の意味でlost sheepという語句は使われているものの、stray sheepという語は見当たらない。

実際に聖書から「罪びと」を意味する「迷へる羊」の用例をいくつか挙げてみよう。

「われらはみな羊のごとく迷ひて」（All we like sheep have gone astray）（イザヤ書五十三・六）
「わが民は迷へる羊の群れなり」（My people hath been lost sheep）（ヱレミヤ記五十・六）
「われは亡はれたる羊のごとく迷ひいでぬ」（I have gone astray like a lost sheep）（詩篇一一九・一七六）
「迷はぬ九十九匹に勝りて、此の一匹を喜ばん」（he rejoiceth more of that sheep, than of the ninety and nine which went not astray）（マタイ伝十八・十三）

このようにstray sheepは、英訳聖書において使われていない。

オックスフォード英語辞典（OED. 1989）によればstray sheepが「罪びと」という比喩的な意味で比喩的に使われたのはヘンリー・フィールディング（Henry Fielding, 1707～1754）の小説『トム・ジョーンズ』（*Tom Jones*, 1749）が初出であるとしている。

OEDには、比喩的用例としてもう一つ、ヴィクトリア朝の宗教家ゴールバーン（Edward Meyrick Goulburn, 1818～1897）の著作から次の一節を挙げている。

ゴールバーンは神学博士で、ラグビー校の校長（一八四九～一八五七年）を勤め、様々な国教会の要職を歴任し、最後は英国国教会のノリッチ地方執事（Dean of Norwich, 1866～1889）になった。彼はダーウィンの進化論に晩年まで反対を唱えるなど、英国国教会のなかでも保守的な論客と知られていたが、また一般向けの宗教的啓蒙書を多く著わした。そのなかに『個人的な宗教実践に関する思索』（*Thoughts on Personal Religion*, 1883）がある。これは、平明にキリスト教の教義を論じたもので、一九三五年までに四版を重ねた。その中にイエス・キリストについて語った次の一節がある。

He was the good Shepherd, who came down from heaven to seek **the stray sheep** in the wilderness of the world. No tale has so deep a pathos as the tale of this search after **the lost sheep**.（Goulburn 1883: 287）

彼（イエス・キリスト）は良き羊飼いで、天国から地上の荒野に「**迷羊**」（**the stray sheep**）を探し出すために下りてこられた。このキリストが「**迷羊**」(**the lost sheep**)を探し出すための物語ほど深い感動を与える物語はない。(私訳)

この用例では、ゴールバーンが、意図的にthe stray sheepとthe lost sheepと言い換えることで二つは同じ意味であることを読者に強調しているのが見て取れる。

さてOEDには挙げられていないが、次のディケンズのstray sheepの比喩的用例が最も示唆的である。

チャールズ・ディケンズ(Charles Dickens, 1812~1870)がヴィクトリア朝の国民的作家であったということに異論はないだろう。彼の代表作『デヴィッド・コパーフィールド』(*David Copperfield*, 1850)に次の一節がある。主人公デヴィッド・コパーフィールドは父親を物心つく前に亡くしたものの、やさしい母親と女中のペゴティーの三人で英国の田舎の村で幸せに暮らしていた。この後に母親が意地の悪い男と再婚し、デヴィッドの運命は不幸に転じてしまうのだが、これはそれ以前の幸せな思い出を語っている場面である。幼いデヴィッドが日曜日に母とペゴティーに伴われて教会に行って退屈な説教を聞いていると、羊が教会に入ろうとしているのを見かける。

I look at the sunlight coming in at the open door through the porch,and there I see **a stray sheep-I don't mean a sinner, but mutton**-half making up his mind to come into the church.

(Chapter II I OBSERVE, David Copperfield 1850)

「僕は、開けたままのドアからポーチを通して差し込む陽光を見ていた。するとそこに一**匹の迷羊——罪びとのことではなくてマトン**（羊肉）——が教会に入って行こうと半分決心したところが見えた。」（私訳）

語り手のデヴィッドが教会のなかでstray sheepといったとき、大方の読者はマトン（羊肉）になる動物のことではなく、擬人化された「罪びと」の意味と取り違えるであろうことを予期していることがこの一節では明らかである。

この引用箇所でstray sheepがsinner（罪びと）と結び付けられるようになったのは、英国国教会によって編纂された『共通祈祷書』（一五四九、一六〇二、一六六二年[2]）の影響であろうとみられている。『共通祈祷書』もなかで最も頻繁に唱えられるのが次の「朝の懺悔の祈り」の一節である。

ALMIGHTY, and most merciful Father; We have erred, and **strayed** from thy waies like **lost sheep**. We have followed too much the devices, and desires of our own hearts. We have offended against thy holy laws. We have left undone those things,which we ought to have done; And we have done those things, which we ought not to have done;And there is no health in us.（Morning Prayer: The Book of Common Prayer 1662）

憐憫《あはれみ》ふかき全能《ぜんのう》の父《ちち》よ。我《われ》らは亡《まよ》へる羊《ひつじ》の如《ごと》く父《ちち》の途《みち》を離《はな》れ多《おほ》く己《おのれ》の計《くふう》と慾《よく》に従《したが》ひ・主《しゅ》の聖《きよ》き律法《おきて》を犯《をか》し・為《な》すべき事《こと》を為《な》さず為《な》すべからざる事《こと》を為《な》し・全《まった》き所《ところ》ある事《こと》なし。

（『日本聖公会祈祷書』一九〇三年）

つまり、stray sheepという語句は、「朝の懺悔の祈り」のなかのstrayed（迷ってしまった）とlost sheep（迷羊）が、日々、この文句を唱える人々の頭のなかで結びついたもので、「罪びと」（sinner）という比喩的表現として使われることが多かったとみられる。

OEDで初出とされるフィールディングの用例（*Tom Jones*, 1749）は『共通祈祷書』の「朝の懺悔の祈り」がちょうど二百年にわたって広く英国国教会の信者によって日々唱えられ、聖書にはないstray sheepという表現が定着し、文献に現れたと考えられるのではないか。

したがってStray sheepは特殊な詩的な表現というものではなく、ヴィクトリア朝、英国国教会の信者の間で、「朝の懺悔の祈り」との連想で、lost sheepと同じ意味で一般的によく使われる語句であったといえるのではないか。漱石が美禰子の「ストレイシープ」に込めた比喩的な意味も最終的にこれに準ずると思われる。

第三節　キリスト者としての美禰子と「迷へる羊」について

漱石が『三四郎』のなかでキリスト教の言説に大きく依拠したと思われる一節が以下の本郷の教会前での三四郎と美禰子の最後の会話場面である。三四郎は、美禰子が彼の知らない人物と、唐突に結婚を決めたことを野々宮よし子から伝えられる。その後三四郎は、美禰子と本郷の教会の前で彼女に借金を返し、本郷の教会から出てきた美禰子と最後の会話を交わす。

この小説のなかでのクライマックスといってよい場面である。美禰子は、懐に金をおさめると、その手で懐から白いハンカチを出し、それを三四郎の面前にかざす。


手帛《ハンケチ》が三四郎の顔の前へ来た。鋭い香《かをり》がぷんとする。

「ヘリオトロープ」と女が静かにいった。三四郎は思わず顔を後《あと》へ引いた。ヘリオトロープの壜。四丁目の夕暮。迷羊《ストレイシープ》。迷羊《ストレイシープ》。空には高い日が明かに懸る。

「結婚なさるさうですね」

美禰子は白い手帛《ハンケチ》を袂へ落した。

「御存じなの」と云ひながら、二重瞼《ふたえまぶち》を細めにして、男の顔を見た。三四郎を遠くに置いて、却つて遠くにゐるのを気遣い過《す》ぎた眼付きである。其癖眉丈は明確《はっきり》落ちついてゐる。三四郎の舌が上顎《うわあご》へ密着《ひっつい》てしまつた。

女はや、しばらく三四郎を眺めた後、聞兼《ききかね》るほどの嘆息《ためいき》をかすかに漏らした。やがて細い手を濃い眉の上に加へて云つた。

「われは我が愆《とが》を知る。我が罪は常に我が前にあり」

聞き取れない位な声であつた。それを三四郎は明らかに聞き取つた。三四郎と美禰子は斯様にして分れた。

（『三四郎』十二）


漱石の小説作品の中に登場する香水はヘリオトロープだけである。この甘い香りがする香水は「帝国ホテルの夜会に招待されそうな」（『趣味の遺伝』）とあるように上流階級の女性または男性が、主としてハンカチにつけるものとして描写される。

引用部分の「ヘリオトロープの壜」とは、三四郎が美禰子とよし子の買い物に同行した際に美禰子に選んでやった香水である（第九章）。美禰子が三四郎に嗅がせたヘリオトロープの香りが、その香水を買った四丁目の情景や、これまでの二人のかかわりあった場面を瞬時に喚起させる。

ここで漱石は、フランスの象徴派詩人から影響を受けていたのではないかと思える。ボードレールを代表とするいわゆるフランスのデカダン詩人は、さかんに嗅覚が喚起する記憶や欲望を詩作に組み込んでいる。彼らの英語圏への紹介者で、漱石も読者であったアーサー・シモンズ（Arthur Symons, 1865–1945）の詩に*White Heliptrope*（1897）がある。シモンズは情事の終わりにヘリオトロープの香りが、過ぎ去った欲望を強く喚起するが、それはすでに陽炎の飛散してしまったことを詠嘆している。しかし、それだけではなく、より重要なことに、美禰子の「ストレイシープ」の真意に関して新たな啓示が下りつつあったのではないか。

三四郎は美禰子の落ち着いた態度を見て「三四郎の舌が上顎《うわあご》へ密着《ひっつい》てしまつた。」とある。この部分に注釈はなされていないようだが、管見によればこの典拠は「バビロンのほとりにて」詩篇百三十七・六節ではないだろうか。

もしわれ汝を思ひいでず　もしわれエルサレムをわがすべての歓喜《よろこび》の極《きはみ》となさずばわが舌《した》をわが腭《あぎ》につかしめたまへ

故郷エルサレムからバビロンに捕囚として連れてこられたシオンの人々の強い望郷の気持ちを表した詩である。ここでは自分がエルサレムを忘れてしまうならば舌が上顎につくだろうとしている。舌が上顎に張り付くのは、首を強く絞められた場合である。祈りの所作として胸に近づけた自分の右手が、我を忘れて自分の首を絞めるということである。つまり美禰子は三四郎を愛してはいなかったことを悟った三四郎は首を突然絞められ、縊死するようなショックを受けたということでないだろうか。

日本聖公会訳の『共通祈祷書』（『日本聖公会祈祷書』一八九五年）に聖書からの引用として以下のようにある。そしてこれは『三四郎』の三四郎の漢字仮名遣いと全く一致する。漱石が同書を参照した可能性は高いとみられる(3)。

われは我《わ》が愆《とが》を知る。我《わ》が罪《つみ》は常《つね》に我《わ》が前《まえ》にあり

（『日本聖公会祈祷書』詩篇五十一・三）

明治元訳（一八八八年）の『旧約聖書』では、「われはわが愆をしる、わが罪はつねにわが前にあり」という表記になっている。

この詩篇五十一・三は『共通祈祷書』のなかでもっとも代表的な悔い改めのことばである。美禰子は、三四郎に出会う直前まで、教会の中でこのことばを唱えていた可能性さえあるだろう。「三四郎の舌が上顎《うわあご》へ密着《ひっつい》てしまった。」のは、美禰子の「ストレイシープ」が『共通祈祷書』の懺悔のことばに変容したことを悟ったからである。三四郎は美禰子に捨てられたというよりも、最初から美禰子の恋愛の駆け引きのために利用されたのではないか。

「われは我《わ》が愆《とが》を知る。我《わ》が罪《つみ》は常《つね》に我《わ》が前《まえ》にあり」

美禰子がこの詩篇五十一・三を『共通祈祷書』の懺悔の文句として口にすることで、「迷羊《ストレイシープ》」も「我

らは亡へる羊の如く」で始まる懺悔のことばから派生した「罪びと」（sinner）に変容させられるのである。

おわりに

小説『三四郎』のなかでは「ストレイシープ」ということばの意味は次のように変容したと考えられる。

① 第五章において、団子坂で美禰子が、このことばを最初に発したときは、おそらく男女関係に関する悩み事を抱えている美禰子自身のことであると理解した。

② 第六章において、美禰子は三四郎に絵葉書を送る。そのなかでは美禰子と三四郎の両方が「ストレイシープ」とされていた。これを見て三四郎は美禰子が群れから外れた三四郎の二人だけの恋愛関係を欲していると解釈したと思われる。

③ 第十二章において、美禰子は教会に通うクリスチャンであることが明らかになる。教会の前で懺悔の文句を唱える美禰子は、彼女自身が「ストレイシープ」即ち「罪びと」であることを三四郎は悟る。美禰子は三四郎に対して自分が必ずしも誠実ではなく、むしろ意中の結婚相手

を得るため意識的に三四郎を利用したという罪悪感があったのではないか。そして、それを美禰子は教会で懺悔し、すでに神の許しを乞うていたということである。そのことで美禰子の罪の意識は浄化されたとみられる。それは教会の前での美禰子の悪びれない不遜な態度に現れているといえるだろう。

注

（1）作品中、「ストレイシープ」は、様々な表記で登場し、「迷子《ストレイシープ》」「迷へる羊《ストレイシープ》」「stray sheep《ストレイ シープ》」「迷羊《ストレイシープ》」の様に振り仮名として用いられている。

（2）『共通祈祷書』はローマ・カトリック教会と十六世紀に決別した英国国教会が、信者一人一人の信仰の実践のための指南書としてつくられたものである。

ヘンリー八世（一四九一～一五四七年）は、一五三八年にローマ・カトリック教会から破門されると、自らを首長とした英国国教会（Anglican Church）を設立し、英国における宗教改革を開始した。その最も重要な事業が『共通祈祷書』の作成であった。ヘンリーの死後、エドワード六世の治下、最初の『共通祈祷書』（一五四九年）が出版された。平明な英語で書かれたこの祈祷書は、日々の様々な場面で（葬送のとき、懺悔をするとき、肉親の死に際するとき、船で難破したときなど）、どのような祈りの言葉がふさわしいかを教えてくれる。さらに典礼のカレンダーを含むほか、どのような順番で聖書を読むとよいかという年間の予定も教示してくれる。さしずめキリスト教の百科事典の趣がある。しかも値段が英訳聖書よりも、はるかに安価であったことから聖書をもつことのできない貧しい英国の家庭にも『共通祈祷書』は所持されていたという。

『共通祈祷書』は一五四九年に初版が出版され、ジェームズ一世治下の一六〇四年に改訂版が出された。そして一六六二年に改訂された『共通祈祷書』は現在も広く使用されている。実際、『共通祈祷書』が英国で使われなかった期間は、一五五三年から一五五八年までのカトリック女王メアリー一世の治下と、一六四五年から一六六〇年までの清教徒革命の短い時代だけである。

ジェームズ王欽定訳聖書（一六一一年）が、その後の英語の語彙、語用に大きな影響を与えたことはよく言及される。しかしながら、近年では『共通祈祷書』に現れる表現がシェークスピアからビートルズまで英語という言語に与えた影響はそれにも劣らないといわれる。

例えば、アメリカの西部劇映画などでよく聞かれる、簡潔な埋葬の言葉「土は土に、灰は灰に、塵は塵に」（earth to earth,ashes to ashes,dust to dust）は聖書にある言葉ではなく『共通祈祷書』にある言葉である。また結婚式でよく用いられる「この指輪もて我汝めとる」（With this Ring I thee wed.）も『共通祈祷書』が出典である。

日本では英国国教会の流れを汲む聖公会が一八七九年以来、『共通祈祷書』の部分的翻訳がなされ、一八九一年、一八九五年に改訂、出版され、個人の自由祈禱の手引きとして用いられた。美禰子が通っているという本郷の教会は特定できないが、この時代、本郷中央協会と弓町本郷教会という二つのプロテスタント教会が活発な活動を行っていたことで知られる。これらプロテスタント諸教派は定式礼拝の式文集として『共通祈祷書』を使用していた。

漱石の蔵書目録に日本語訳の『共通祈祷書』はないが、漱石が目を通していた可能性は高い。

（3）　同様の指摘が鈴木（2006：244）にある。

参考文献

『日本聖公會祈祷書』（1903）：日本聖公會『日本聖公會祈祷書』同志社大学図書館蔵、一九〇三年。

『旧約聖書』（1888）：『旧約聖書』新日本古典文学大系明治編・十二、岩波書店、二〇〇一年。

『聖書略解』（2001）：木田献一監修『新共同訳旧約聖書略解』日本キリスト教団出版局、二〇〇一年。

鈴木（2006）：鈴木範久『聖書の日本語』岩波書店、二〇〇六年。

The Bible Authorized King James Version with Apocrypha, Oxford, 2008.

The Holy Bible containing the old and new testaments and the apocrypha, Oxford, 1898（漱石蔵書と同じ英訳聖書、

大英図書館蔵）.

Cummings（2011）: Brian Cummings ed., *The Book of Common Prayer, The Texts of 1549, 1559, and 1662,* Oxford, 2011.

Dickens（1997）: Charles Dickens, *David Coppereld*, 1850, Oxford, 1997.

Goulburn（1883）: Edward Meyrick Goulburn, *Thoughts on Personal Religion*, London 1883（大英図書館蔵）.

Swift（2013）: Daniel Swift, *Shakespeares Common Prayers*, Oxford, 2013.

Symons（1897）: Arthur Symons, *London Nights*, London, 1897（詩作White Heliotropeを所収）.

第四章　漱石『虞美人草』（十八）におけるメレディスの引用について

第一節　漱石とメレディスについて

ジョージ・メレディス（George Meredith, 1828～1909）は漱石が敬愛してやまなかった英国の詩人、小説家である。漱石のロンドン留学中（一九〇〇年十月～一九〇二年十二月）、メレディスはまだ存命中でロンドンの郊外に在住していたが、二人が直接出会う機会はなかった。

『吾輩は猫である』（十一）（一九〇五年）のなかで迷亭が個性の強い作家は現今の読者に敬遠されていると次のように主張している。

メレヂスを見給え、ジェームスを見給え。読み手は極めて少ないじゃないか。少ない訳さ。あんな作品はあんな個性のある人でなければ読んで面白くないんだから仕方がない。

没後百年、「ジェームス」すなわちヘンリー・ジェイムズ（Henry James, 1843~1916）の英米での人気は高く、映画化された作品も多い(1)。しかし一方メレディスは母国においてまったく人気の無い作家である。書店の書架では代表作とみなされている小説『エゴイスト』（*The Egoist*, 1879）以外の作品をみかけることはまずない。しかし『猫』の迷亭が一九〇五年のメレディスに読者が少なかったと述べているのには誇張があった。当時メレディスは大衆作家でこそなかったが、ヴィクトリア朝の偉大な作家の一人として世に知られていた。その証拠にメレディスの死去の際にはウェストミンスター寺院の文人顕彰コーナーに埋葬する国葬が提案されている（しかしメレディスが無宗教であったことで国教会の反対があり実現しなかった）。

そんなメレディスにも一八五一年に処女詩集を出版してから三十年以上、詩人としても小説家としても自立できなかった長い苦節の時代があった。この間、恒産のなかったメレディスは匿名で新聞のコラムを書いたり、出版社への応募原稿の下読みといった副業で生活を支えた。ようやく世間の評価が変わるきっかけとなった作品がメレディスが五十七歳のときに発表した『十字路邸のダイアナ』（*Diana of the Crossways*, 1885）であった。これによって文壇で尊敬される作家の一人という不動の地位を確立した。メレディスの作品が英米で再びあまり読まれなくなったのは第一次世界大戦が終わってからの一九二〇年代以降である。

メレディスの評判が特に晩年に高まったのは、彼が生前若い世代の作家とよく交流し面倒見が良かったことが理由にあげられる。ロバート・ルイス・スティーブンソン (Robert Louis Stevenson, 1850～1894)、トマス・ハーディー (Thomas Hardy, 1840～1928) のような多くの若い世代の作家がメレディスを自宅に訪ね彼を称揚した言葉を残している。漱石は常々スティーブンソンの簡潔な文章を好むとしていた。(2) したがってそのスティーブンソンが正反対の晦渋な文体を持つメレディスを尊敬しているという発言は漱石にも大きな印象を残したと思われる。

また漱石は留学中、個人指導を受けていたクレイグ先生に「George Meredith の事に就て聞たら少しも知らない色々言訳をした」(『日記』一九〇一年二月二十日) と得意げに記している。これはクレイグ先生の方に当時の文壇の大御所であるメレディスをよく知らないことに対して言い訳をする必要があったわけである。またメレディスの訃報に際して漱石は「(メレディスの小説は) 大抵皆読んだ。而して大変エライと思つている」という談話を残している。(『国民新聞』一九〇九年五月二十一・二十二日、全集㉕：352)。このことは漱石の蔵書にあるメレディスの著作に多くの書き込みが残されていることでもうかがわれる。

さらに漱石のメレディスへの関心はメレディスの没後も全く衰えていなかったようである。それは大正二年の年初に発表された『行人』（「兄」二十）の一郎と二郎の会話の場面でのメレディス引用に現れている。

「その人（メレディス）の書翰の一つのうちに彼は斯んな事を云つてゐる。——自分は女の容貌に満足する人を見ると羨ましい。女の肉に満足する人を見ても羨ましい。自分は何うあつても女の霊といふか魂といふか、所謂スピリットを攫まなければ満足が出来ない。それだから何しても自分には恋愛事件が起らない。」

「メレヂスつて男は生涯独身で暮らしたんですかね」

「そんな事は知らない。又そんな事は何うでも構わないぢゃないか。然し二郎、おれが霊も魂も所謂スピリットも攫まない女と結婚してゐる事だけは慥だ」

ここで一郎が語っているメレディスの書翰は一九一二年十月にロンドンで出版されたメレディス書翰集（Meredith 1912: 115）で初めて公開されたものである。これをおそらく日本でいちはやく読んだ漱石はメレディスが親友に宛てた一八六一年十月十九日付けの手紙の一節を訳して連載中の『行人』に引用したとみられる(3)。

第二節　『虞美人草』におけるメレディス引用

漱石の初期の三作品『草枕』（一九〇六年）、『虞美人草』（一九〇七年）、『三四郎』（一九〇八年）は「新しい女」三部作と呼ばれることがある。これらの作品には才色兼備でしかも近代的な自我の意識を持ち、時代が要求した倫理観よりも自己を充足させる行動をとることもある「新しい女」（那美、甲野藤尾、美禰子）が描かれているためである。

その一つ『虞美人草』に藤尾と逢瀬を約束した小野清三が待ち合わせ場所に出発しようかしまいかと逡巡する場面がある。この逢瀬（新橋駅で午後三時に待ち合わせて大森に向かう）は小野と藤尾にとってそれぞれの周囲から押しつけられた婚約関係（小野×小夜子、藤尾×宗近）を断ち切り、二人の恋愛関係を世間に公言するのに等しかった。この小説のクライマックスといえるだろう。その場面でメレディスを引用した以下の一節がある。

メレヂスの小説にこんな話がある。――ある男とある女が謀し合せて、停車場で落ち合ふ手筈をする。手筈が順に行つて、汽車がひゆうと鳴れば二人の名誉はそれぎりになる。二人の運命がいざと云ふ間際迄逼つた時女は遂に停車場へ来なかつた。男は待ち耄の顔を箱馬車の中に入れて、空しく家へ帰つて来た。あとで聞くと朋友の誰彼が、女を抑留して、わざと約束の期を誤まらしたのだと云ふ。（『虞美人草』十八）

この漱石のメレディス引用の典拠に関しては従来二つの説があることで知られる。

① 小説『エゴイスト』（*The Egoist*, 1879）第二十七章で婚約者ウィロビーから逃れるためにクラは鉄道の駅に向かうが、第二十八章では出奔を諦め、駅からウィロビーの屋敷（パターン邸）に帰還したこと。

② 小説『十字路邸のダイアナ』（*Diana of the Crossways*, 1885. 以下『ダイアナ』と略す）の第二十五章においてダイアナが愛人デイシアとの大陸への出奔のために鉄道の駅で待ち合わせを約束するが、ダイアナは現れず、デイシアは待ちぼうけを食らったこと。そしてその事情は第二十六章で明らかにされる。

全集の注（全集④：508）では『エゴイスト』典拠説を採っている。しかし久野（1950：51）が『ダイアナ』を典拠にしている可能性をいち早く指摘し、海老池（1968：192-193）もこれに追随した。さらに最近では飛ヶ谷（2002：127-128）も『ダイアナ』説に支持を表明するなどして現在ではこちらの方が優位になっているようだ。本章は後段でそれぞれの小説の当該部分がどちらを典拠にしているのかを詳しく検討する。しかしその前に小説『エゴイスト』、『ダイアナ』そして『虞美人草』に共通する「新しい女」の主題を探ることが必要と思われる。

第三節　小説『エゴイスト』について

メレディスの小説『エゴイスト』を語る上で無視できないのは、これが当時の英国人なら誰でも知っていた「陶磁器の柳模様」の物語に基づいていたということである。これにはMayo（1942）の先駆的研究がある。十八世紀末から十九世紀前半にヨーロッパではシノワズリー（中国趣味）が大いに流行した。その一環として英国では清朝陶磁を真似た「柳模様」（the willow pattern）を染め付けした陶磁器が生産され広く流通した。これらは「塀に囲まれた大きな屋敷、柳の木、川にかかった橋、そしてその上を飛ぶ二羽の鳥」が青色染料で彩色されている。このような「陶磁器の柳模様」は次のような物語を踏まえていた。

あるところに大きな屋敷に住む大人と美しい娘がいた。大人は娘を同じように裕福な家庭の息子と結婚させることにした。しかし娘は一文無しの使用人である青年と恋に落ちる。大人は二人の結婚を認めない。二人は屋敷を抜け出し駆け落ちしようとする。追手が迫り、二人は橋の

柳模様の皿（著者個人蔵）

ところで捕まりそうになる。しかしそのとき二人の恋人は二羽の鳥に変身し飛び去っていった。

メレディスは小説『エゴイスト』のエゴイスト（「我意の人」）をサー・ウィロビー・パターン（Sir Willoughby Patterne）と名づけた。この命名は「柳模様」すなわちザ・ウィロー・パターン（the willow pattern）のパロディーであることは間違いない。その証拠に『エゴイスト』の第五章でパターン邸に滞在しているマウントスチュワート夫人はクララに「磁器製の愛嬌のあるいたずら者」（a dainty rogue of porcelain）というあだ名をつけている。またウィロビーとクララの破局が明らかになった終盤の第三十四章においては、二人の結婚祝いとして陶磁器の壺を送ろうとしたブッシュ夫人が（陶磁器を）「柳模様」（the willow pattern）にしておけば良かったと嘆いている。『エゴイスト』でブッシュ夫人が引出物として贈った陶磁器はパターン邸へ輸送中にひび割れてしまう。これは明らかにウィロビーとクララの婚約の破談を暗示している。この陶磁器は『虞美人草』において藤尾が義父から相続した金時計に置き換わっているのではないか。『エゴイスト』の陶磁器は馬車が転覆した事故でひび割れるのであるが、藤尾の金時計は事故ではなく宗近の手で衆人の目の前で叩き壊され、そのショックによって藤尾は突然死するのである。

さて『エゴイスト』ではウィロビーの父親は登場しないのでウィロビーが「柳模様」の大人と婚約者の役割を兼ねている。そして彼はクララを束縛しパターン邸にふさわしい従順な奥方にすることだけを願っている。クララがパターン家（Patterne）の妻（wife）になることを拒否することにも言葉遊びが読み取れる。つまり英語でa pattern wifeといえば「模範的な細君」のことである。『エゴイスト』は「柳模様」の物語に倣い、クララがウィロビーの束縛を逃れ、誰とどのようにして屋敷を去るのかということが興趣である。その候補者は学者肌で感情表現が苦手なヴァーノンと「白い歯」をいつも見せている軽佻浮薄なド・クレイである[4]。作中クララに最もふさわしい男性は、素直に愛情表現ができるクロスジェイであるが、まだ十二歳の少年なのでクララの結婚相手からは除外される。そして結局クララは山好きで文人肌のヴァーノンを選ぶのである。メレディスは書翰のなかでヴァーノンのモデルは親友の文筆家レズリー・ステファン（Leslie Stephen, 1832~1904）であると明かしている[5]。ちなみにステファンの娘の一人が二十世紀を代表する女流小説家ヴァージニア・ウルフ（Virginia Woolf, 1882

〜1941）である。

第四節　小説『ダイアナ』について

この小説の主人公ダイアナ・メリオンは十九世紀の女権拡張運動に大きな役割を果たした実在の女性キャロライン・ノートン（Caroline Norton née Sheridan, 1808〜1877）をモデルにしている。上流階級出身のキャロラインは下院議員であったノートン氏と結婚し三人の子供をもうけた。しかしノートン氏が妻と子供に暴力を振るうようになったことで夫婦は別居するに至った。しかし当時の法律では妻の立場は非常に弱く、夫の同意がないと離婚も子供の養育権も得ることができなかった。彼女はこのような自分の不幸な境遇を足がかりとして女性全体の権利拡大を社会に働きかけたフェミニストの嚆矢として知られる。

『ダイアナ』が出版されたときノートン女史は既に他界していた。しかし彼女が総理大臣と浮き名を流したり、愛人の国会議員から聞いた穀物条例の廃止（一八四六年）を新聞に漏洩したという噂は人々の記憶に残っており、上流階級のスキャンダラスな人物としてよく知られていた。そのおかげでメレディスの作品として初めて『ダイアナ』は一般読者の爆発的な支持を得ることができた。そして『ダイアナ』はメレディスに進歩的なフェミニスト作家という評判を与えた。また英国のみならずアメリカでの有利な出版契約を得たことで、メレディスはこれ以降副業をしなくとも筆一本で生活できるようになった。

しかし小説『ダイアナ』はその中のキャロライン・ノートンにまつわる逸話をはぎ取れば『エゴイスト』の焼き直しであるのは明白である。どちらも理解のない伴侶に縛られていた自立心の強い女性が、苦難の末その束縛から抜けだし、よりふさわしい伴侶と新しい人生へ羽ばたいていくというのがその骨子である。『ダイアナ』のウォーリック氏とダイアナは既婚で、『エゴイスト』のウィロビーとクララは婚約関係という相違はある。しかし当時、『エゴイスト』にみられるような教会で交わされた正式な婚約は厳格な契約とみなされていたことを考慮するとこの二人の女性の境遇は同じである。

ところが小説『ダイアナ』のダイアナとそのモデルには無視できない相違がある。ダイアナのモデルとなったキャロライン・ノートンは別居した夫婦に生ずる子供の親権の問題に大きくかかわっていた。彼女は別居した妻の財産権と子供の養育権を少しでも勝ち得ようとし、女性史に残る成果を挙げた。しかしメレディスの小説『ダイアナ』ではダイアナとウォーリック氏の間に子供はなく、またダイアナは特に女性の財産権などの権利を拡張することには関心を示さない。彼女はただ自分の文筆家としてのキャリアの追求と親友エマ・ダンストンとの友情にだけ興味があるように描かれている。メレディスは書翰で自分は『ダイアナ』のなかでキャロライン・ノートンに知性を与えたとしているが、(6) 実はその代償としてフェミニストとしてのノートン女史の歴史的貢献を小説から消去している。

またダイアナがしばしば深く考えないで衝動的な行動をとることを読者に批判されるとメレディスはケルト人特有の直情的な性格を反映させた結果であると弁解している(7)。

『エゴイスト』ではウィロビーがパターン邸では圧倒的な力を持つエゴイストであり、クララが弱者という立場であることは明らかである。しかし『ダイアナ』の場合、夫ウォーリック氏の存在感があまりにも薄いので、彼がエゴイストというよりはむしろ奔放で時に人を裏切ったりするダイアナがエゴイストにみえる。実際これが漱石の読みではなかったかと思える。そしてダイアナの才色兼備ではあるものの、ときに徳義心の欠けた行動を取る性格は『虞美人草』の藤尾に反映されているのではないだろうか。

第五節　メレディスと「新しい女」について

漱石は実人生において「新しい女」三部作で描いた那美、藤尾、美禰子といったタイプの女性を伴侶として持つことはなかった。しかしメレディスの場合は彼の最初の結婚はまさにそのような「新しい女」との葛藤であった。そしてこの「新しい女」との結婚の失敗が詩集『近代の恋』(原題*Modern Love*, 1862)をはじめとしてその後のメレディスの文学のすべてに大きく影響を与えていることは周知の事実である。しかし小説家としてのメレディスには男と「新しい女」との葛藤を徹底的に描くことを避ける傾向があった。それどころか両者の安易な妥協点を見出す物語で人気を博したともいえる。(8) それはメレディスが自分の最初の結婚の生々しい失敗体験に対峙できなかったことに原因があったようだ。

メレディスの最初の妻は六歳年上で一人娘を連れた未亡人メアリー・ニコルス（Mary Nicolls née Peacock, 1822～1861）であった。メレディスは二十一歳の若さ（一八四九年）で六回の拒否をものともせずに情熱で押し切ってメアリーと結婚した。メアリーの父親はトマス・ラブ・ピーコック（Thomas Love Peacock, 1785～1866）という文人で詩人シェリーの親友でもあった（漱石の蔵書目録にもピーコックの著書が二部みられる）。ロンドンの文壇になんら知己のなかった無名のメレディスを取り立てた大恩人であった。メレディスの最初の詩集（*Poems*, 1851）は実父にではなくこの義理の父に捧げられている。しかもピーコックが開明的であったため娘のメアリーは兄の文学仲間と交流し、文芸同人誌に参加しエッセイを寄稿していた。メアリーはメレディスと結婚してからも文筆で身を立てる夢を諦めていなかったようだ。つまり二人の結婚は夫婦どちらも文学者を志していたがためにうまくいかなかったと想像される。加えて家計は常に貧困であった。それはメレディスが頑なに文筆以外の仕事をしようとしなかったことに原因があった。一八五三年にメレディス夫婦のあいだで唯一の子供アーサーが生まれたが、一八五七年には結婚は暗礁に乗り上げ二人は別居状態にあったとみられている（Johnson, 1972: 211）。

一八六一年の春頃からメアリーは持病の腎臓病が悪化し病床にあった。しかしメレディスは晩年のメアリーの懇願を拒否し、愛児アーサーをメアリーに会わせることを許さなかった。しかもメアリーが死の床にあった夏、息子アーサーをスイスやイタリアの景勝地に連れ回したのは残酷な仕打ちであった。そしてようやく臨終の一月前にメアリーは重篤であるという親友の説得のおかげでアーサーをメアリーのもとに送ることを許した。メアリーは一八六一年の十月に三十九歳で死去した。このメアリーの死因は自殺とする説があるが、ブライト病による腎臓浮腫が死因であったという記録を疑う根拠はない。

メアリーの死から三年後メレディスは夫に尽くすタイプの女性マリー（Marie Meredith née Vulliamy, 1840～1885）と再婚した。メレディスはその妻にもまた先立たれるが、死ぬまで二人目の妻については語っても最初の妻メアリーのことを語ることは一切なかったという。

第六節　メレディスとモリエールの喜劇

メレディスの代表的フェミニスト小説とされる『エゴイスト』と『ダイアナ』は男と「新しい女」の生々しい葛藤を描くことから一歩退いているような印象を受ける。それはメレディスが描くところの男性優位の社会におけるエゴイストとしてのウィロビー（『エゴイスト』）とウォーリック氏（『ダイアナ』）

はどちらも「新しい女」の敵役として迫力不足であることに原因がある。これは同時代に「新しい女」について書かれた小説と比較することで明らかになる。例えばジェイムズの『ある婦人の肖像』[9]におけるオズモンドやエリオットの『ミドルマーチ』[10]のカシューバンは「新しい女」であろうとするそれぞれの妻（ヒロイン）を執拗に苦しめる。そして「新しい女」たちはほとんど心理的に窒息させられ容易に出口を見出すことはできない。しかしメレディスの小説の男たちは弱い。『エゴイスト』のウィロビーはクララの拒絶に堪えかねて、以前から彼に好意を寄せていた女性（ラエティシア嬢）につい言い寄ってしまうという弱さをみせる。その結果、意中の女性（クララ）を手放さなければいけなくなる。また『ダイアナ』の夫ウォーリック氏はダイアナを不貞で訴えたものの敗訴すると病気に倒れ、ダイアナと和解を申し込むという弱さをみせる。そしてほどなく病気からは回復するものの交通事故で死去してしまうのである。

このようにメレディスは「新しい女」とそれを抑圧する男性像をつきつめて描くことを避けた。そしてヒロインを最後に不幸にしない条件で「新しい女」を題材にした小説を創造するためには喜劇的な処理が必要であった。そこでメレディスが手本としたのが十七世紀フランスのモリエールの性格喜劇であったとみられる。

メレディスは『エゴイスト』を発表する二年前（一八七七年二月一日）に生涯で唯一ともいわれる講演をロンドンで行った。その講演は『喜劇の思想と喜劇精神の使用について』（*On the Idea of Comedy and the Uses of Comic Spirits*）と題され、同年には同じ表題で雑誌に発表された。書翰集によるとこの講演は一八七六年十月まで『喜劇の思想：主としてモリエールによって表されたところの』（*The Idea of Comedy: chiefly illustrated by Molière*）という演題を用意していた。このことで明らかなようにメレディスの喜劇論はモリエールの性格喜劇を意識したものであった[11]。

　モリエールの喜劇とは十七世紀フランスのブルジョワ的価値観に基づき、理性と感情の均衡を求める精神の発露である。つまり彼の喜劇は、世の中で行き過ぎと考えられる性格を持った人物を舞台上にのせて、それを笑いの対象とすることによって矯正に導こうというものである。例えば『才女気取り』（一六五九年）ではあまりに才女ぶる女性が、『人間嫌い』（一六六六年）では本音をあまりに正直に表明する人物が、そして『守銭奴』（一六六八年）ではあまりに吝嗇な人物が、『ドン・ジュアン』（一六六五年）では行き過ぎた快楽を追求をする貴族が笑われる対象とされている。

　小説『エゴイスト』の序章にメレディスは「喜劇精神」（the Comic Spirit）を論じた喜劇論を置いている。これは小説『エゴイスト』をモリエール的喜劇論の延長として読んでほしいというメレディスのメッセージであろう。この序章（喜劇論）の末尾には主人公ウィロビー・パターンの墓碑銘が次の様に掲げられている。

Through very love of self himself he slew;

let it be admitted for his epitaph.
己を愛しすぎたばかりに彼は彼自身を殺してしまった。
これを彼の墓碑銘としようではないか。

ウィロビーは小説のなかで自分の過剰なエゴイズムの報いを受けるが死に至るわけではない。つまり墓碑銘にあるhe slew himselfは字義通りの「彼は彼自身を殺害した」の意ではなく「（過剰な自己愛による）自業自得でお手上げになってしまった」という戯言である。滅びたとすればそれはエゴイストとしてのウィロビーであり、小説はその結末で彼の更生と新妻ラエティシアとの幸福の可能性を残しているのである。

第七節　『虞美人草』におけるモリエール式喜劇の否定

メレディスは「笑い」によって行き過ぎを矯正しようとするモリエール式の喜劇を小説『エゴイスト』で再現しようとした。そしてこのメレディスの喜劇精神は小説『ダイアナ』でも受け継がれている。メレディスは書翰のなかで、衝動的な行動で軽率な過ちを繰り返すダイアナを小説のなかで「陽気に殺してしまうことが出来たがそうしなかった（I could have killed her merrily）」と告白している。そして最後にダイアナをフェミニストのままで受け入れてくれるレッドワースと結婚させる筋運びに苦労したと記している(12)。この「ダイアナを陽気に殺したかもしれない」と述べたメレディスの言説は下記に示したような漱石が繰り返す「殺す」という穏当でない言説と奇妙な一致を示す。

○虞美人草は毎日かいてゐる。藤尾といふ女にそんな同情をもつてはいけない。あれは嫌な女だ。詩的であるが大人しくない。徳義心が欠乏した女である。あいつを仕舞に殺すのが一篇の主意である。

（小宮豊隆宛書翰一九〇七年七月十九日）

○小野さんは危い。倩たる巧笑にわが命を托するものは必ず人を殺す。藤尾は丙午である。

（『虞美人草』十二）

○（甲野）「藤尾が一人出ると昨夕の様な女（井上小夜子）を五人殺します」

（『虞美人草』十三）

○（宗近）「……糸公は尊い女だ、誠のある女だ、正直だよ、君の為なら何でもするよ。殺すのは勿体ない」

（『虞美人草』十七）

しかし上掲の『ダイアナ』に関するメレディスの書翰は息子のW・M・メレディスが編纂した書翰集（Meredith 1912）に掲載されるまで公表されたことはない。したがって漱石が上に挙げた小宮宛書翰や『虞美人草』のなかで使った「殺す」という言葉はメレディスが小説『エゴイスト』の序の末尾に置いたエゴイスト（ウィロビー）に捧げた墓碑銘「彼は彼自身を殺した」（he slew himself）を意識した可能性が高いと思われる。そして漱石は『虞美人草』のなかでメレディスの戯言としての「殺す」をあえて字義通りに解釈してみせたのではないか。もちろん主人公が最後に死去することだけによって喜劇が悲劇に転じるのではない。『虞美人草』が喜劇ではないのは、漱石の藤尾とその母親に対する描写に全くユーモアが見られず、敵意すら感じられるためである。モリエールの『ドン・ジュアン』は最後に主人公が事故死するものの喜劇の傑作としてみなされている。それはこの戯曲を通じてドン・キホーテにおけるサンチョ・パンザのような従者スガレナルとドン・ジュアンとの風刺たっぷりの掛け合いがこの芝居を喜劇にしているのである。

『虞美人草』では宗近がすべての登場人物の面前で、藤尾から手渡された金時計をたたきこわし彼女の人格を完全に否定する。このことで藤尾は衝撃を受け突然死する。漱石にとって徳義に反した「新しい女」は駆逐される対象であったように思える。この藤尾の死を自殺と解釈する読者も多いようだが、小説の中では藤尾が服毒したなどの描写は一切ない。これは漱石がメレディスと並んで愛読していたヘンリー・ジェイムズの影響ではないだろうか。ジェイムズの作品には、繊細な感覚を持った人物（特に子供や女性）が肉体的な暴力の結果ではなく精神的なショックで突然死する例がよく出てくる。管見に入った限りでも『デイジー・ミラー』（*Daisy Miller*, 1878）、『その生徒』（*The Pupil*, 1891）、『ねじの回転』（*The Turn of the Screw*, 1898）にそのような精神的なショックが原因となった突然死の事例がみられる。そしていずれの場合も突然死したという以外の説明をジェイムズは与えていない。

それでは『虞美人草』（十八）におけるメレディス引用の典拠とされている『エゴイスト』と『ダイアナ』の当該部分を検討してみよう。

第八節　『エゴイスト』における出奔（*The Egoist*, 二十七・二十八章）

【それまでの話】

クララ・ミドルトンは美貌と聡明さを備えた十八歳である。彼女は大地主であるサー・ウィロビー・パターーンの求婚に対して最初は乗り気ではなかったが、周囲の強い勧めで教会での正式な婚約を受け入れてしまう。そしてパターーン邸に父親ミドルトン博士と共に招かれて滞在している。パターーン邸にはウィロビーの従兄弟のヴァーノン、少年クロスジェイやウィロビーを崇拝する多くの親戚の中年女性や、敷地内に病弱の父親と住むラエティシア嬢がおり、ウィロビーはその領主のように振舞っている。パターーン邸に滞在しているうちにクララはウィロビーが必要としているのはパターーン家の存続のためにふさわしい従順で思い通りに操れる女性であることを悟る。クララは二人の婚約を解消することを懇願するがウィロビーは聞き入れない。

実は過去においてウィロビーの婚約者コンスタンシア・ダラム嬢がパターン邸から友人であったオックスフォード大尉と逐電してしまい、ウィロビーは大いに面目を失った苦い経験があった。それでどうしても今回はクララを自分の妻にしたいと考えていた。クララの父親であるミドルトン博士も娘が本気で破談を望んでいるとは信じようとしないので、居心地の良いパターン邸を去ろうとしない。困り切ったクララは一人だけで出奔を決意し、少年クロスジェイにだけそのことを告げ、豪雨のなか最寄りの鉄道の駅に一人徒歩で向かう。ロンドンに居る女友達を訪ねるのが口実であるが、クララの乗った列車が駅を去った後、パターン邸に居るウィロビーには別れの手紙が届けられる手筈になっている。

【二十七章】At the Railway station「鉄道の駅において」

最寄りの駅に徒歩で到着し、濡れた衣服のまま駅の待合室で列車を待っているとクララの出奔をクロスジェイから聞き出したヴァーノンが現れる。ヴァーノンはウィロビーの従兄弟で文学で身を立てようと考えている。また若いときに下宿屋の娘との結婚に失敗している。しかしその妻は既に病死していた。ヴァーノンはクララを見つけるとまず彼女が一人だけであるかと問う。最初クララは真意を図りかねて、メイドは連れていないと応える。そしてヴァーノンは列車が来るまで十分な時間があるので、駅に隣接した旅籠で濡れた靴下を乾かすことを提案し、クララはこれに従う。説得の機会を得たヴァーノンはこのような形で去るのは、父親だけでなくクララ自身のためにもよくないと諭すが、クララは聞き入れない。結局ヴァーノンは「あなたには自分の自由意志で行動して欲しい」（I wish you to have your free will.）と言い、クララを無理に引き留めようとはしない。そしてクララを残し一人馬車に乗ってパターン邸への帰途につく。

【二十八章】The return「帰還」

ヴァーノンが去り、列車を待つために駅舎に戻ろうとしたクララの前に今度はド・クレイがパターン邸から馬車で到着する。ド・クレイは明らかにクララが駅に居ることを予期しており、彼女がロンドンの女友達を訪ねるのに自分が同伴することを提案する（これは世間からは駆け落ちとみなされてしまう）。クララはヴァーノンが先ほどなぜ、「一人きりなのか？」と尋ねたことの真の意味を悟る。ヴァーノンはクララがド・クレイと示し合わせて逐電しようとしていると疑っていたのだ。そのときパターン邸に滞在しているジェンキンソン夫人が屋敷の晩餐へのゲストを出迎えに駅に到着したことでクララは彼女もド・クレイの姿を目撃したのではないかと怖れる。クララはまだはっきりと自覚していないものの既に心はヴァーノンに惹かれていたようだ。そのためこのような形で、ましてド・クレイとともにパターン邸を去ることはできないと判断する。そしてクララはド・クレイが執拗にロンドン行きを主張するのを拒否し、一頭立ての馬車でパターン邸に帰還する。

第九節　『ダイアナ』における出奔（*Diana of the Crossways*, 二十五・二十六章）

【それまでの話】

ダイアナ・メリオンは美貌と文学的才能を備えたアイルランド系の女性であるが、恒産のある境遇ではなかった。彼女は最初に求婚をしたウォーリック氏と軽率にも結婚してしまう。しかし夫ウォーリック氏はダイアナの奔放な行動を受け入れることができない。そして彼はダイアナとダイアナが親炙していたデニスバラ卿との関係を不貞行為として裁判所に訴えた。ダイアナはすべてに嫌気がさし、裁判の結審を待たずに海外に脱出しようとする。しかしこれが誤った判断であることを確信したダイアナの親友のエマ・ダンストンは使者としてレッドワースをケント州にある十字路邸（the Crossways）に送り、出立しようとしていたダイァナを引き留めた（第九章）。やがてダイアナは小説家として自立することを決意しロンドンに居を構える。その後ダイアナへの不貞の嫌疑は陪審員によって晴らされる。その頃デニスバラ卿は病死する。また夫のウォーリック氏も心臓病で余命があまりないことが明らかになる。そのころダイアナはデニスバラ卿の甥である若き国会議員デイシアに出会い、強く惹かれる。ダイアナは一人フランスに休暇に出掛けるが、デイシアは彼女をフランスにまで追いかけ愛を告白する。ダイアナは態度を保留するがウォーリック氏のもとに戻らないことは約束する。

【二十五章】Once more the crossways and a change of turnings「再び岐路に立ち方向が変わること」

デイシアは二人の関係がこれ以上停滞するのが我慢できないとしてダイアナのロンドン住居を訪問する。ダイアナはデイシアが別の女性と結婚することを告白されるのを怖れていた。しかし予想に反しデイシアはダイアナに求婚する。そして二人だけのアルプス旅行を提案する。ダイアナはこれらを受け入れる。しかしこの旅行は二人が世間から隔絶して生活することを社会的に宣言することと同じである。またデイシアにとっては政治家としての未来を棒に振ることを意味するので、初めから無謀な計画であった。翌日、二人の待ち合わせは夕刻八時にパリに向かう列車の発車する駅（ヴィクトリア駅）である。ダイアナは召使いにパリに発つことを告げ準備を整えた。しかしそのときレッドワースが突然戸口に現れ、ダイアナに今すぐ一緒に来なければいけないことを告げる。

【二十六章】In which a disappointed lover receives a multitude of lessons「失望した恋人が多くの教訓を得ること」

デイシアは約束通り、駅でダイアナを待つが彼女は現れない。ダイアナが来ることを諦めたデイシアは歩いてジェントルマンズ・クラブに向かう。そしてその後、再び徒歩でダイアナの住居を訪ねる。そこで召使いに尋ねるとダイアナはある紳士（レッドワース）と六時ごろから出掛けて戻ってこないという。翌日デイシアはダイアナの消息をエマに尋ねるために郊外のダンストン邸を訪ねる。するとまさにエマは手術中であった。そしてダイアナはその現場で医師を助けていることを知る。デイシアはダイアナが約束を破った理由を理解する。幸いなことにエマの手術は成功したことをダイアナに告げられてデイシアは一人ダンストン邸を去る。

第十節　虞美人草（十八）の引用の正体

『虞美人草』（十八）におけるメレディス引用の前半をみてみよう。

ある男とある女が謀し合せて、停車場で落ち合ふ手筈をする。手筈が順に行つて、汽車がひゆうと鳴れば二人の名誉はそれぎりになる。二人の運命がいざと云ふ間際まで逼つた時女は遂に停車場へ来なかつた。

確かにこの部分は男女が堅く約束したのにもかかわらず女性は現れず、男性が停車場で待ち惚けを食うということで『ダイアナ』によく一致する。しかし『エゴイスト』のクララもド・クレイの申し出を受け入れて（クララに駆け落ちの意図はなくとも）一緒にロンドンに出発すれば世間は二人は謀し合わせて落ち合ったと考え、彼らの名誉はそれぎりであった。

男は待ち耄の顔を箱馬車の中に入れて、空しく家へ帰つて来た。

この部分はロンドンの中心部を徒歩で移動した『ダイアナ』のデイシアとは一致しない。むしろ傷心のうちに馬車で家に戻ったという状況は『エゴイスト』のド・クレイの境遇に似ている。そして小野に約束を破られた藤尾が人力車で新橋の駅から帰還するのは、馬車に乗ったド・クレイの姿に近い。

あとで聞くと朋友の誰彼が、女を抑留して、わざと約束の期を誤まらしたのだと云う。

『エゴイスト』のヴァーノンは駅前の旅籠でクララに出立を思いとどまらせようとはするが、彼女の意志を尊重しているので無理にクララの出発を遅らせる意図はなかった。しかしヴァーノンが「お一人ですか?」という質問を発したのは重要であった。このおかげでクララは後にド・クレイが一緒にロンドンに行きたいという申し出をした際、その一見罪のない提案に潜む危険を察知することができた。

『ダイアナ』のレッドワースの場合はダイアナとデイシア二人の逐電の計画を知っていて阻止したのではなく、生きるか死ぬかの手術をするエマの身を案じてダイアナを必要としていたため、結果的にダイアナとデイシアとの駆け落ちを防いだ偶然である。これに類する場面を『虞美人草』で探せば、第二章で甲野宅で藤尾と小野が二人きりで危ない雰囲気になったとき、藤尾の母親が帰宅しその緊張が崩れる場面がそれに当たるだろう。

このように『虞美人草』（十八）にみられるメレディス引用は『エゴイスト』と『ダイアナ』の両方の要素を含んでいる。しかし丁寧にメレディスを読み込んでいた漱石が不注意で両作品を混同するのは考えにくい。したがって『虞美人草』でメレディスの両作品の同じような箇所を混ぜ合わせた引用を行ったのは意図的に両方の小説の要素を組み込んだ可能性が高いのではないか。つまり『エゴイスト』と『ダイアナ』はどちらも「新しい女」が束縛を逃れ、新しい恋人と自由を獲得するという物語（「柳模様の物語」）であることを漱石は理解していたと思われる。メレディスは『エゴイスト』において「柳模様の物語」を行き過ぎた性格の男性（我の人）を笑いによって矯正に導くというモリエール式喜劇に翻案した。そして『ダイアナ』においては「柳模様の物語」に実在のフェミニスト（キャロライン・ノートン）の事跡を加えることで同時代性を与え一般読者の支持を得た。

しかし『虞美人草』の漱石はメレディスのように「新しい女」の生き方という主題を喜劇的に扱うことに強い抵抗があったようだ。それは藤尾の悲劇的な最期を見れば既に明らかであるが、最終章で甲野が日記に書きつけた（人間の道義の必要性を認識させる上で）「悲劇は喜劇より偉大である」という悲劇の擁護論でも強調されている。

注

（1）ヘンリー・ジェイムズ原作の映画化では *The Bostonians*（監督James Ivory, 1984）、*The Portrait of a Lady*（監督Jane Campion, 1996）、*The Wings of the Dove*（監督Iain Softley, 1997）等がある。メレディス作品の映画化はまったく見当たらない。

（2）「予の愛読書」一九〇六年、全集㉕：153。

（3）二郎の「メレジス」に関する質問「彼が一生独身であったかどうか」に注目したい。一郎が引用したメレディスの書翰は書翰集第一巻一一五頁に掲載されている。そして同じ巻の七頁でメレディスの最初の結婚についての息子ウィリアムが付け加えた解説がある。それによると夫婦はお互いに気性が激しく不和が絶えず、結婚は「一八五八年に破局を迎えた」（In 1858 came catastrophe.）とある。そしてその後メレディスは幼子アーサーとロンドンに居を移したと曖昧に記している。しかしメレディスの最初の妻の愛人であったヘンリー・ウォリスに関する記述は全くない。この息子ウィリアムが記したメレディスに都合の良い記述がメレディスの妻メアリーが突然愛人と家出をしたという伝説をつくった源泉のようである。実際はそれ以前から夫婦は別居状況にあった。このメレディスの書翰集にある唯一の伝記的解説を漱石が見逃す筈はない。したがってこの書翰集を読んでいたはずの『行人』の一郎がこのメレディスの結婚生活の破綻を知らなかったのはおかしい。しかしながらここでメレディスの最初の結婚の失敗を明らかにすると『行人』における一郎の結婚生活がどのように崩壊していくかということを強く暗示してしまう。したがってあえてこのメレディスの最初の結婚の失敗を『行人』では伏せたのであろうと考えられる。

（4）『エゴイスト』第二十九章でクララの父親ミドルトン博士はド・クレイ大佐をカトゥッルス（Catulus B.C. 84頃～B.C.54頃）の詩集『カルミナ』（*Carmina*）の三十九番に登場するエグナチウスになぞらえている。ミドルトン博士は最後まで引用していないが、カトゥッルスは恋敵のスペイン人がいつも軽佻浮薄で「白い歯」をいつも見せていることを「自分の尿で歯と歯茎を毎朝みがくスペイン人」とからかっているのである。

（5）Cline（1970）Letter to André Raffalovich. April 8 1882.

（6）Cline（1970）Letter to Robert Louis Stevenson. March 24 1884.

（7）Cline（1970）Letter to Lady Ulrica Dunscombe. April 19 1902.

（8）メレディスの小説に登場する「新しい女」とみなされる女性には以下のような人物がある（年代順）。①ローダ（Rhoda Fleming, 1865）、②ルネー（Beauchamp's Career, 1875/6）、③クララ（The Egosit, 1879）、④ダイアナ（Diana of the Crossways, 1885）、⑤ネスタ（One of our Conquerors, 1891）、⑥アミンタ（Lord Ormont and his Aminta, 1894）、⑦カリンシア（The Amazing Marriage, 1895）。

この中で②が唯一ヒロインと結ばれるはずの男性が事故死するという悲劇的結末を持つものの、その他すべてのヒロインは様々な曲折を経た後に理解ある伴侶と結婚するという結末になっている。このことが当時の女性読者に好評であった理由であろう。

（9）Henry James: The Portrait of a Lady 1881.

（10）George Eliot: Middlemarch 1869.

（11）Cline（1970）Letter to Edward W.B.Nicholson（September 27 1876）. またLetter to F.J.Furnivall（August 24 1876）には仮演題として“Morière and the Idea of Pure Comedy”とある。

（12）Cline（1970）Letter to Mrs Leslie Stephen. May 19 1884.

参考文献

全集④：『虞美人草』漱石全集第四巻、岩波書店、一九九四年。

海老池（1968）：海老池俊治『明治文学と英文学』明治書院、一九六八年。

飛ヶ谷（2012）：飛ヶ谷美穂子『漱石の源泉――創造への階梯――』慶応大学出版会、二〇一二年。

久野（1950）：久野真吉「漱石・沙翁・メレディス――『虞美人草』に及ぼせる英文学の影響――」『弘前大学人文社会』一九五〇年一月号。

久野（1961）：久野真吉「『ヂ・エゴイスト』のクレアラか『十字路のダイアナ』のダイアナか――『虞美人草』におけるメレディスの引用につき――」『宮城学院女子大学研究論文集』一九六一年十二月号。

Cline（1970）: C.L.Cline, *The Letters of George Meredith,* 3 vols., Oxford, 1970.

Crow（1971）: Duncan Crow, *The Victorian Woman,* New York, 1971.

Jones（1999）: Mervyn Jones, *The Amazing Victorian. A life of Gerorge Meredith,* London, 1999.

Johnson（1972）: Diane Johnson, *The True History of the First Mrs. Meredith,* New York, 1972.

Mayo（1942）: Robert D.Mayo, "The Egoist and the Willow Pattern." *English Literary History IX*（1942）pp.71-78. Meredith（1979）に所収。

Meredith（1887）: George Meredith, "An Essay on Comedy and the Uses of the Comic Spirit" "The New Quarterly Magazine" April 1877. Meredith（1979）に所収。

Meredith（1912）: W. M. Meredith, "Letters of Geroge Meredith," Collected and Edited by His Son 2 vols" London, 1912.

Meredith（1979）: George Meredith, *The Egoist,* A Norton Critical Edition, New York, 1979.

Meredith（1980）: George Meredith, *Diana of The Crossways,* London, 1980.

Stevenson（1853）: Lionel Stevenson, *The Ordeal of George Meredith,* New York, 1953.

第五章　漱石とアーサー・ジョーンズの哲学者について

はじめに

『吾輩は猫である』（以下『猫』と略す）の十一章に苦沙弥先生が水島寒月、越智東風両君に自殺を肯定する議論を開陳する。苦沙弥先生は今後、神経衰弱の国民のなかで自殺者が増加するに違いないことを述べ、そしてその自殺者が様々な方法で命を捨てようとすることについてはスティーブンソンの小説『自殺クラブ』(1)を引き合いに出して熱弁をふるう。以下はその寒月東風両君と苦沙弥先生のやりとりの一部である。

「大分物騒な事になりますね」

「なるよ。慥かになるよ。アーサー、ジョーンスと云ふ人のかいた脚本のなかにしきりに自殺を主張する哲学者があつて……」

「自殺するんですか」

「所が惜しい事にしないのだがね。然し今から千年も立てばみんな実行するに相違ないよ。万年の後には死と云へば自殺より外に存在しないもの、様に考へられる様になる」（傍点引用者）

（『猫』十一）

この自殺を巡る議論はそのあと迷亭の未来記のなかでより極端な議論として展開される。そこでみられる迷亭の自殺に関する意見は漱石自身の英訳本ニーチェの『ツァラトストラはかく語りき』に関する書き入れに酷似していることはよく知られている。しかし苦沙弥先生が引き合いに出したアーサー・ジョーンズ[2]の脚本に登場する「しきりに自殺を主張する哲学者」に関してはこれまで論じられたことがないようである。全集の注（全集①：注五三八）にはアーサー・ジョーンズがイギリスの近代劇の先駆者であり漱石の蔵書に彼の戯曲が以下の三冊残されていることが記されている。

『十字軍』（*The Crusaders* 初演一八九一年）

『嘘つき』（*The Liars* 初演一八九七年）

『ジェインの策略』（*The Manoeuvres of Jane* 初演一八九八年）

これらはアーサー・ジョーンズの戯曲のなかではイギリスの上流階級を舞台にした風俗喜劇（Comedy of Manners）という範疇に入る。さらにこれら三作品はそのなかでも技巧的喜劇（Artificial Comedy）とも呼ばれるものである。つまりそれらは明らかなつくりごとの芝居、嘘の芝居ということである。例えば『嘘つき』には人妻に公然と求愛するフォークナーという上流階級の男が出てくる。漱石はフォークナーのような人物は日本人からみれば狂人であると書き入れを残しているが、それは同時代のイギリスでもその通りであったに違いない。しかし技巧的戯曲はそのような非現実的な設定を否定するのではなくむしろすすんで受け入れ、それによって引き起こされる騒ぎにおいて交わされる登場人物の機知に富んだ会話を楽しむものであった。このような戯曲の性格は漱石が所蔵している他の二つの作品にも共通している。しかし漱石はある意味悪ふざけの要素を含んだ技巧的戯曲をあくまで真面目に理解しようとしたと思われる。したがってこれら三作品に対する漱石の書き入れにみられる評価は非常に厳しい(3)。

さて本章では『猫』の十一章にみられる「しきりに自殺を主張する哲学者」とは漱石も蔵していたアーサー・ジョーンズの戯曲『十字軍』に登場する「バージ・ジョール氏。偉大なるペシミスト哲学者」（Mr. BURGE JAWLE. The Great Pessimist Philosopher）を指すと考える。そして漱石は苦沙弥先生の自殺論のなかで、どのような「哲学者」を念頭においていたのかを探りたい。

第一節　アーサー・ジョーンズの戯曲『十字軍』について

苫沙弥先生が『猫』で引き合いに出したと考えられる「哲学者バージ・ジョール」が登場する三幕の戯曲『十字軍』（*The Crusaders* 初演一八九一年）の大略について述べる。ここでの「十字軍」は中世パレスチナに遠征した本来の十字軍のことではなく十九世紀末のロンドンの社会矯風を目指す慈善事業を運営する社会改良家たちのことを指す(4)。以下にその梗概を述べる。

【第一幕】

舞台はロンドンの高級住宅街メイフェア。ここに住むシンシア・グリーンスレイドは美しくかつ裕福な未亡人である。彼女には貧しい家庭から出た理想主義者フィロス・インガーフィールドという恋人がいる。彼の影響でシンシアはロンドンの貧しい人々の環境を改善する「ロンドンを美しく！　健康に！　清潔に！」というかけ声に始まる社会貢献事業（ロンドン改良会：The London Reformation Society）に惜しみなく私財を投じている。またシンシアは親友のブレイク夫人と共に環境の悪いロンドン東部で針子として働いていた貧しい子女を集めて環境の良い南西部ウインブルドンにつくった薔薇園で働かせる施設を主宰している。ただしウインブルドン地区の住民からはこの施設が素性の悪い女子をたくさん抱えているということで評判は良くない。二人は慈善活動の更なる発展のために外務大臣でもあるバーナム卿の協力を仰ぐ。このバーナム卿の息子ディックは既婚者であるのにもかかわらずシンシアに横恋慕している。

哲学者バージ・ジョール（以下ジョールと略す）は一幕の後半に初登場する。彼は崇拝者のフィグ氏に伴われてシンシアの邸宅を訪問し、哲学的主著の出版のためにフィグ氏がジョールへの経済的援助を無心する。

一方シンシアの恋人フィロスは中米コスタリカに移民としてロンドンの最貧民七百六十人を船で送り出していたが、コスタリカ政府が受け入れを拒否したためフィロスがシンシアと結婚の約束を交わしてからコスタリカに向かうところで一幕が終わる。

【第二幕】

舞台はウインブルドンの薔薇園に隣接したシンシアの別荘。第一幕の終わりから一年以上が経過している。コスタリカに向かったフィロスはロンドンから到着した貧民達が暴動と略奪を起こしたのでその責任者として現地に拘束されている。ディックは再びシンシアに言い寄っている。また薔薇園で働く東ロンドンから来た女子たちが風紀上良からぬ行動をしているということでウインブルドンの住民達から強い排斥運動が起こる。

哲学者ジョールはフィグ氏とともに別荘に食客として滞在しているが、ロンドン改良会の活動に冷笑的な態度を示す。シンシアはなかなか帰国しないフィロスに愛想をつかしつつありディックの誘いに引かれる。そんなシンシアの前に違法に帰国したフィロスがある夜突然現れ、変わらぬ愛を告げる。しかしフィロスが去った後ディックがシンシアの寝室を訪れる。

【第三幕】

舞台は第二幕と同じ。第二幕の終わりから一夜明ける。シンシアの寝室を深夜に訪れたディックを目撃したパルサム氏（ロンドン改良会副会長）はそれをフィロスと勘違いする。そしてそれを醜聞として公表すると息巻く。ロンドン改良会の重鎮であるシンシアの醜聞を避けるためにブレイク夫人とバーナム卿は、フィロスと一緒にいたのはシンシアのメイドのフランス人ヴィクトリンであったと言いつくろう。なぜならばヴィクトリンはシンシアとは違って下層階級の女性でしかも外国人（フランス人！）であるのでこのようなことは醜聞とみなされないからである。フィロスも自分の名誉を犠牲にしてシンシアをかばうために自分がヴィクトリンと逢瀬を持ったと証言する。シンシアはこの証言を否定するが、パルサム氏は沈黙の見返りに賭博好きのバーナム卿が持ち馬をすべて売却するのならばこの醜聞を公表しないで彼が目撃したのはフィロスとヴィクトリンであったことを受け入れるという取引を申し入れる。バーナム卿はしぶしぶこの条件を受け入れシンシアの名誉は守られる。

このようにウインブルドンの薔薇園は住民の反対運動で挫折し、コスタリカへの移民計画は失敗に終わり、貧民達はロンドンに送還されることになった。フィロスもシンシアの醜聞をその身に引き受けたことで社会的信用をなくしてしまった。そのためロンドン改良会は崩壊し、その夢は振り出しに戻る。しかし劇はフィロスの深い愛に感動したシンシアがひざまづく場面で幕となる。

第二節　『十字軍』における哲学者ジョールの役割

さて『十字軍』のなかで哲学者ジョールはペシミストという役割で、ロンドン改良会の指導者で理想主義者フィロス（Philos Ingarfield）の対極にある。つまりジョールは人間の行うことはどんな善意に基づいていたとしてもそれは愚かであり失敗に終わることの方が多いので、世間のことはあるがままにしておくのが良いと考えるペシミストの立場を代表している。ジョールは世俗的なことを超越したような変人であるが、彼の付き人のようなフィグ氏はジョールを崇拝する俗人である。バーナム卿はプロの政治家として理想主義の価値は認めるが常に現実的な妥協を取ることも辞さない。ブレイク夫人は慈善事業に関わることで自分の社交界での影響力を増進させることに興味がある。シンシアは自分の意見よりも近くにいる強い意見を持った人に影響されやすい人格のタイプを表している。漱石が

『十字軍』を「性格的脚本トシテハ上乗ノモノナラズ」と評しているようにこの作品は登場人物がすべて紋切り型で一面的であるという欠点は否めない。

OED（ed.1989）によればペシミズム（pessimism）ということばは十九世紀初頭までは「考えられうる最悪の状態」という意味であったが、ドイツの厭世哲学が移入された十九世紀末には「世界は最悪の状態であり、すべての事柄は悪い方に向かうというショーペンハウエル（A. Schopenhauer, 1788～1860）とハルトマン（K. R. E.von Hartmann, 1842～1906）の哲学」という意味に使われるようになったという。『十字軍』における「ペシミスト」（pessimist）とはこのような世界観を持つ人々のことを意味する新しい用法であった。

ペシミストのジョールとその提灯持ちのフィグ氏は、最初に一幕の後半でメイフェアのシンシアの邸宅を訪れる。そしてまた二幕以降のウインブルドンの別荘にも食客として滞在し周りの人々に冷笑的なコメントを浴びせる。劇中ジョールの思想とされているものは明らかにショーペンハウエルのパロディーであることがみてとれる。以下に『十字軍』よりジョールとフィグ氏の典型的な台詞を集めてみた（和訳は私訳である）。

【第一幕】

①ジョールは結婚の非道徳性についてシンシアに語る。

JAWLE.　...There being an immense balance of misery and suffering in every human lot, it necessarily follows that marriage, as the chief means of increasing that misery and suffering, is a criminal and anti-social action...（Act I）

ジョール「すべての人間は巨大な苦難と苦しみの狭間にある。結婚はその苦難と苦しみを増大させる最たる手段である。したがって結婚は犯罪であり反社会的である。」

②フィグ氏はジョールの人口増加に対する悲観論を語る。

FIGG.　Jawle calculates that at the present rate the human race will infallibly exhaust every possible means of subsistence in six generations!（Act I）

フィグ氏「ジョールの計算では現在の調子が続けば人類はすべての資源を次の六世代で蕩尽してしまうとのことである！」

③ジョールとフィグ氏は自殺と人命に対する態度を語る。

JAWLE.（フィグ氏に健康が優れないことを指摘されて）Yes; my vital processes are so abnormally slow that at any moment it may become advisable to bring them to a conclusion...

FIGG.　...Jawle advocates the forcible and abrupt extinction of human life in certain cases-his own included.（Act I）

ジョール「はい。私の生命の働き（vital processes）は今のところ非常に鈍磨しているのでいっそのこと終わらせてしまうのが良いのかもしれません。」
フィグ氏「ジョールは彼自身の命をも含めて場合によれば人命の強制的かつ突然の消滅が許されると主張しているのです。」

④ジョールは大衆を信じないと語る。
JAWLE. I've no faith in talking to people.（Act I）
（パルサム氏の何故自分の哲学を人々に伝えようとしないのかという問いに対して）
ジョール「私は人々に説くことの価値を信じない。」

⑤ジョールはロンドン改良会の役員会などに参加する意図はないと語る。
JAWLE. I'm not prepared for any large expenditure of vital force this afternoon.（Act I）
ジョール「私はこの午後に自分の生命力（vital force）を無駄に使うつもりはない。」

【第二幕】
⑥ジョールは女性の姿を嫌悪している。
JAWLE. ...The natural outline of the female figure is hideous and repellant in the extreme.

(Act II)

（フィグ氏に女性のフォルムを崇拝する現代の芸術思潮は理解できないと言われて）

ジョール　「まったく女性の自然なフォルムは醜く不愉快なものの最たるものである。」

JAWLE.　...Take your own case. You are supposed to have considerable personal attractions. Analyse your personal attractions. Take a microscope. Look at your hand.（*Taking her hand.*）What is it? A coarse, scaly epidermis, studded with huge bristles-（Act II）

ジョール　（シンシアに向かって）「あなたの場合を例にしてみよう。あなたはたいへん魅力のある人物と見なされている。ではその魅力というものを分析してみせよう。顕微鏡を取り出してあなたの手をみてみると（シンシアの手を取る）何がみえるか？　それはざらざらした鱗状の表皮でところどころに巨大な剛毛が散らばっている……」

⑦フィグ氏はシンシアに早晩ジョールは自殺するであろうと語る。それもシンシアの別荘の敷地にある池で溺死するという。

FIGG.　He has finished the last volume of his social philosophy. By the way, what is the depth of that large pond at the end of the grounds?

CYNTHIA. From six to nine feet. Why?

FIGG. Nothing. He contemplated it for more than an hour this morning. I've always thought that the end would come by drowning.（Act II）

フィグ氏「ジョールは彼の社会哲学の著書の最終巻を完成させたのです。ところで屋敷の敷地の隅にある池の深さはどのくらいですか？」

シンシア「六から九フィートぐらいですが。何か？」

フィグ氏「何でもないですよ。ただジョールがそれについて一時間以上沈思していたのです。私は常にジョールの最期は溺死だと思っています。」

⑧ジョールはロンドン改良会が貧しい女性のために運営する薔薇園が地元の人々から排斥運動に会い困難に瀕していることを冷笑する。

JAWLE.（*elated in his melancholy way*）I cannot refrain from a smile when human nature illustrates my theories.（Act II）

ジョール（憂鬱ななかにも高揚して）「ものごとが人間の本性に関する私の理論どおりに進むと笑わずにはいられないね。」

JAWLE.（*solemnly*）My dear lady. If people will act in direct contravention of those great principles laid down in my philosophy, what can they expect but discomfiture and failure? (Act II)

(シンシアに薔薇園の評判が悪くなったのを喜んでいるのではないかと批判されて)

ジョール 「(重々しく) 奥様、もし人々が私の哲学の偉大なる原則に背いてことを行えばそれは失敗と挫折に終わるのが当然ではないでしょうか?」

⑨ジョールは慈善事業は無用と語る。

JAWLE. ...Nothing can be done! Charity is merely a form of refined selfishness. You see distress; you are pained; to relieve your pain you scatter benefits broadcast, which corrupts both the giver and the receiver... (Act II)

(それでは貧しい女子たちのために何をしてあげるべきかとシンシアに問われて)

ジョール 「何もできることはないのです! 慈善事業というのは洗練された利己主義にしか過ぎません。あなたは他人の苦しんでいるのをみると自分も心に痛みを覚えるのです。そしてその自分の苦しみを和らげるために寄付金をばらまく。しかしそれは慈善を行う者と受け取る者の両方を腐らせるのです。」

⑩ジョールはフィグ氏が発見したというペシミスト詩人に嫉妬する。

JAWLE.　…（*Waddles off slowly right, jealously looking at Figg.*）Radbone!（Act II）

（フィグ氏がジョールよりも厳格なペシミストである詩人ラドボーンを発見したので今度はラドボーン協会をつくって彼を世に送り出したいと熱心に語るのを横で聞いて）

ジョール　（舞台の右手にゆっくりとよろよろと歩きながら、嫉妬深くフィグ氏を眺めながらいまいましそうに呟く）「ラドボーン！」

【第三幕】

⑪フィグ氏はジョールがシンシアの別荘の池で朝食前に哲学的自殺を敢行したと確信する。

FIGG.　Mrs. Blake, has Jawle been in to breakfast?

MRS.CAM.　No; why?

FIGG.　Then the great deed is done! Jawle has set the seal on his philosophy in the large pond at the end of the grounds!（Act III）

フィグ氏「ブレイク夫人、ジョールは朝食に現れましたか？」

ブレイク夫人「いいえ。それが何か？」

フィグ氏「それでは偉大な事蹟がなされたのです！　ジョールは彼の哲学を敷地の隅にある大きな池で完遂したのです！」

⑫フィグ氏はジョールの自殺は通常の自殺とは違うことを強調する。

FIGG.　There is no question of guilt! Jawle's great tragic contempt of human life must not be confounded with a paltry, every-day, newspaper suicide.（Act III）

フィグ氏「罪の意識など問題ではありません！　ジョールの大いなる人間の命に対する悲劇的な侮蔑は毎日の新聞でみるようなくだらない自殺と一緒にすることはできないのです。」

⑬さらにフィグ氏はジョールの葬儀の計画についても語りはじめるが、哲学的自殺の期待に反してジョールは朝食の食卓に腹をすかせて現れる。ブレイク夫人が驚くとジョールは次のように説明する。

JAWLE.　...I shall school myself to endure the vast spectacle of human imbecility, selfishness, and emptiness for some short time longer. The word "emptiness" reminds me I have had no breakfast.（Act III）

ジョール「私はもうすこし我慢して人間存在の愚鈍さ、身勝手さ、虚無であることの偉大な見せ物を見物することにしました。ところで「虚無」ということばは朝食がまだであったことを思い起こさせますなあ。」

（そしてジョールは前日に食して胃にもたれた仔牛肉のパイ包みのかわりに魚料理を所望し、ついでにシャンベルこれら『十字軍』におけるフィグ氏と哲学者ジョールの台詞をまとめると、ジョールはペシミストであり、人生は苦しみに他ならないと信じている。そして人類全体の未来に悲観的な見通しを持ち、人間が行うどのような作為もその未来を変えることはできないと説く。とりわけ彼は大衆を啓蒙する価値を認めない。しかし他のペシミスト（詩人ラドボーン）を嫉妬するような世俗性も持ち合わせている。またジョールは女性を嫌悪しており、結婚は男性にとって人生の苦しみを増大させる愚の骨頂と主張している。

しかし苦沙弥先生の説明とは異なり、主著を完成させたジョールが煩悶に満ちた人生を自ら断つことを確信を持って何度も語るのは、ジョール本人よりもその崇拝者フィグ氏である。しかもフィグ氏は引用⑦にあるようにジョールの最後は入水自殺であると信じているのが注目される。しかし、引用⑬のようにジョールはフィグ氏の期待を裏切り、人生は人間の愚行を観察でき、空腹が満たされるのならばさしあたって生きるに値し、美味な朝食とワインがあればなお結構と判断した。これは、ジョールのモデルであるショーペンハウエルがその哲学において自殺を推奨しているように誤解されることが多かったにもかかわらず、実は逆説的に人生の価値は最悪の状態のなかで生きていくことにあると主張していたことを反映していると思われる。

第三節　哲学的自殺と漱石について

ロンドンから帰朝したばかりの第一高等学校の英語講師であった漱石の授業に出ていた藤村操が日光華厳の滝で投身自殺を図ったのは明治三十六年五月二十二日であった。それは現場に残された「巌頭之感」が示すように日本で初めての哲学的な煩悶による自殺であったと喧伝された。そしてその後、数年間は華厳の滝は青年が自殺をする名所となり、彼らは煩悶青年と呼ばれた。漱石は藤村操の自殺に少なからぬ衝撃を受けたようで、この事件をたびたび作品や書簡で取り上げている[5]。『猫』にもこの事件に触れた箇所がアーサー・ジョーンズの哲学者が登場する前の十章にある。苦沙弥先生を訪ねた年の頃は十七、八の不格好な書生である古井武右衛門は、友人にそそのかされて会ったこともない金田氏の令嬢をからかうために艶書を送ってしまったと告白する。放校されることを怖れた武右衛門は苦沙弥先生にどうすればよいか相談したのだが、苦沙弥先生はまったく役に立たないので失望して家を辞す。「吾輩」は次のように評す。

武右衛門君は悄然として薩摩下駄を引きずつて門を出た。可愛想に。打ちやつて置くと巌頭の吟でも書いて華厳滝から飛び込むかも知れない。元を糺せば金田令嬢のハイカラと生意気から起つた事だ。もし武右衛門君が死んだら、幽霊になつて令嬢を取り殺してやるがい丶。あんなものが世界から一人や二人消えてなくなつたつて、男子はすこしも困らない。（傍点引用者）（『猫』十）

武右衛門が辞した後、寒月君も苦沙弥先生に次の様に語る。

いたづらは、大概常識をかいて居まさあ。救つて御やんなさい。功徳になりますよ。あの容子ぢや華厳の滝へ出掛ますよ。（傍点引用者）（『猫』十）

このように『猫』では華厳の滝で投身自殺をする煩悶青年の姿が戯画化されている。この十章で描かれる戯画化された煩悶青年のイメージは十一章に登場するアーサー・ジョーンズの哲学者ジョールにつながっているように思われる。武右衛門が恋しているわけでもない金田令嬢への恋文のせいで華厳の滝で身を投げれば、世間はそれを哲学的自殺とみなすのだろう。一方『十字軍』の哲学者ジョールは早とちりのフィグ氏によって哲学的自殺により一生の幕引きをしたと宣言された。しかしジョールは逆に「虚無」ということばから人生の虚無よりも空腹を思い出し朝食に現れた。いったい人が自殺を選ぶ理由は他人には不可解という外はない。漱石が『猫』十一章でアーサー・ジョーンズの『十字軍』に登場するペシミストを苦沙弥先生に持ち出させたのはこのような十章の古井武右衛門のエピソードのつながりを意識したものであったと考えられる。

おわりに

『猫』の十一章で苦沙弥先生は『十字軍』のジョールの例が念頭にあったように、あくまで個人の究極の選択としての自殺を語っていた。しかしこの苦沙弥先生の自殺論は迷亭の手にかかるとより尖鋭化される。迷亭は苦沙弥先生の後を受けて、彼の未来記において自殺の議論を安楽死（当時の用語では安死術）にまで広げる。迷亭は寒月東風両君に語る。

「まだ面白い事があるよ。現代では警察が人民の生命財産を保護するのを第一の目的としている。所が其時分になると巡査が犬殺しの様な棍棒を以て天下の公民を撲殺してあるく。……」

「なぜです」

「なぜつて今の人間は生命が大事だから警察で保護するんだが、其時分の国民は生てるのが苦痛だから、巡査が慈悲の為めに打ち殺して呉れるのさ。尤も少し気の利いたものは大概自殺して仕舞ふから、巡査に打殺される様な奴はよく〳〵の意気地なしか、自殺の能力のない白痴もしくは不具者に限るのさ。夫で殺されたい人間は門口へ張札をして置くのだね。なに只、殺されたい男ありとか女ありとかはりつけて置けば巡査が都合のいゝ時に巡つてきて、すぐ志望通り取計つてくれるのさ。死骸かね。死骸はやっぱり巡査が車を引いて拾ってあるくのさ。（以下略）」

（『猫』十一）

迷亭の未来記はドイツ第三帝国で「生きるに値しない生命の抹殺」を実践した優生学と精神医療を予期しているようだ。このようなナチスの時代の蛮行はまさに漱石が熟読していた十九世紀の進化論とニーチェの哲学を拠り所として正当化されたものであった（松下1999：10–15）。迷亭（漱石）の透徹した想像力が導き出した帰結は二十世紀に現実のものとなった。

『猫』の「吾輩」も最期にこのような陰鬱な認識を抱くに至る。

秋の木の葉は大概落ち尽した。死ぬのが万物の定業で、生きてゐてもあんまり役に立たないなら、早く死ぬ丈が賢こいかも知れない。諸先生の説に従へば人間の運命は自殺に帰するさうだ。油断をすると猫もそんな窮屈な世に生れなくてはならなくなる。恐るべき事だ。

（『猫』十一）

そしてこの後、「吾輩」は人間たちが残したビールを飲み干し水甕に落ちて溺死するのである。この水甕は「吾輩」にとっての「華厳の滝」であったと思われる。

注

（1）'The Suicide Club' はスティーブンソン（Robert Louis Stevenson, 1850～1892）の短編集『新アラビア夜話』（一八八二年）にある一話である。漱石は『文学論』（一九〇七年）では「自殺組」と訳され、漱石はその梗概を紹介している（全集⑭：210-213）。

（2）評伝（Jackson 1982）によれば、アーサー・ジョーンズ（Henry Arthur Jones, 1851～1929）はヴィクトリア朝の地方の裕福ではない借地農家に生まれ、十二才から呉服屋に奉公に出され高等教育を受ける機会はなかった。しかし彼は刻苦と精励による自助努力で戯曲家として成功を収めた人物である。アーサー・ジョーンズの作品で一八七八年から一九三〇年までに英国で上演された作品は五十七を数える。そのなかでも彼の出世作と見なされているのが『銀の王』（*The Silver King*, 1882）と『聖者と罪人』（*Saints and Sinners*, 1884）である。特に後者は英国の中産階級に対する強い諷刺を含み、後にバーナード・ショーにこのようなスタイルが踏襲された。またジョーンズは戯曲『仲買人』（*The Middleman*, 1889）では資本家と労働者の問題を取り上げるなど社会問題にも関心をみせているが、基本的にバーナード・ショーとは異なり社会主義的な方法による社会の変革を支持しなかった。ジョーンズは昔から慣習として取り入れられている身分の違い、結婚などの制度にはそれなりの知恵があり、結局双方が妥協することでそれに従っておくのが賢明であるという見方を採った。アーサー・ジョーンズがイプセンの『人形の家』に基づいて執筆した初期の作品（*Breaking a Butterfly*, 1884）では偽善的な結婚生活に失望した妻が夫を捨てるのではなくお互い妥協して同居を続けるという結末に変更されている。このようにイプセンの作品やそれに影響を受けたピネロやショーなどの作品の現代的な歯切れ良さと比べるとアーサー・ジョーンズは旧態依然とした作家といえる。

（3）『十字軍』に関しては、以下のような漱石の感想がみえる（全集㉗：161-163）。

此脚本ハ作品トシテSecond Mrs. Tanquerayニ劣ルコト遠シ。去レドモ巧ミニ世態ト人間ノ弱点を描さ出して、其下ニ一貫せる主義ヲ示セリ。去レドモ性格的脚本トシテハ上乗ノモノナラズ。事件ノ脚本トシテハ不自然ナルヲ免カレズ。

'Second Mrs.Tanqueray'（『タンクレイの後妻』）は漱石が高く評価するピネロ（Arthur Wing Pinero, 1855～1934）の戯曲である。

『ジェインの策略』に関しては、以下のような感想がみえる。

　結構巧ならざるにあらず。只全編を通じて真個の滑稽なし。一道の光明なし。

『嘘つき』に関しては、以下のような感想がみえる。

○Falkner ハ他人ノ女房ニ惚れて横取りをしやうとして平気な男である。是は狂人だ。
○文明的虚偽的の俗物の集会である。劇として深厚なる趣も何もない。

（4）『十字軍』の初演は一八九一年であるが、アーサー・ジョーンズはロンドンに誕生したばかりの自治体に材を取ったと考えられる。ロンドンにはそれまで一つのまとまった総合的な自治体は存在していなかったが、一八八八年に地方自治法（Local Government Act）が制定されたことで、はじめてロンドン都市部全域を管轄とするロンドン自治体（London County Council略称ＬＣＣ）が一八八九年に発足した。このＬＣＣは一九六五年まで存続し、ロンドンの下水道、道路交通、教育、住宅事情の改善などの事業に大きな成果を残した。アーサー・ジョーンズの『十字軍』に登場するロンドン改良会はＬＣＣとは違って民間の慈善団体ではあるが、ロンドン都市部の住環境の改善や貧民救済を目指していたことで一八九一年の初演時の観客の多くは発足したばかりのＬＣＣを連想したと思われる。

（5）例えば明治三十七年二月八日付け寺田寅彦宛の葉書（全集㉒：296）に漱石作の「水底の感」と題された虚構の詩作がある。これは藤村操の恋人が後を追って投身自殺し水底で愛によって結ばれるというものである。また『草枕』（明治三十九年）の十二章で主人公の画家が藤村操の自殺を「余の視る所にては、彼の青年は美の一字の為めに、捨つべからざる命を捨てたるものと思ふ。死其物は洵に壮烈である。只其死を促がすの動機に至つては解し難い。……」（全集③：148）と評している。また『坑夫』（明治四十一年）第二章にも「華厳の瀑」への言及がある。

参考文献

全集①：『吾輩は猫である』漱石全集第一巻、岩波書店、一九九三年。

全集③：『草枕』漱石全集第三巻、岩波書店、一九九四年。

全集⑤：『坑夫』漱石全集第五巻、岩波書店、一九九四年。

全集⑭：『文学論』漱石全集第十四巻、岩波書店、一九九五年。

全集㉒：『書簡上』漱石全集第二十二巻、岩波書店、一九九六年。

全集㉗：漱石全集第二十七巻別冊下、岩波書店、一九九七年。

松下（1999）：エルンスト・クレー著、松下正明訳『第三帝国と安楽死〔生きるに値しない生命の抹殺〕』批評社、一九九九年。

Jackson（1982）: Russell Jackson, *Plays ey Henry Arthur Jones*, Cambridge, 1982.

Jones（1905）: Henry Arthur Jones, *The Crusaders an original comedy of modern London life*, London, 1905

Stevenson（1916）: Robert Louis Stevenson, *New Arabian Nights*, New York, 1916.

第六章　漱石とキッチナー元帥について

はじめに

漱石と同年に没したキッチナー元帥（Horatio Herbert Kitchener, 1850〜1916）はヴィクトリア朝末期からエドワード朝時代、ワーテルローでナポレオンを破ったウェリントン公爵にも伍せられた英国の国民的英雄であった。キッチナーは職業軍人の子として生まれ、軍人となるべく養育され士官学校を卒業した後、工兵将校として主としてェジプト、インドといった地域で活躍した。そして軍人として最高位の元帥まで登りつめた。また一生妻帯もせず軍隊と結婚したような生粋の武人といわれていた。一九一四年八月の第一次世界大戦勃発時は陸軍大臣の任にあり、いまだ徴兵制のなかった英国で前線に志願する兵士を募集するのに辣腕を振るったことで知られる。

キッチナーが総司令官として指揮したスーダンのマフディー戦争（一八九七〜一八九八年）や南アフリカの第二次ボーア戦争（一八九八〜一九〇二年）の勝利はかつて帝国の栄光と考えられていたが、現今の英国においては植民地を収奪するための醜い戦争としてみなされ、誇らしげに語られることは全くなくなってしまった。しかし、百年前のキッチナーは英国の国民的詩人であったラドヤード・キップリング（Rudyard Kipling, 1865〜1936）が高らかに「白人の責務」としてアジアやアフリカの植民地経営を賞揚していた時代の軍人の鑑であった。[1]

キッチナーの名声は日英同盟を締結していた日本でも高く、「英国の女嫌いの偉大な武人」として良く知られていた。第一次世界大戦開戦後、その終結を待たずキッチナーは一九一六（大正五）年六月五日にロシアへの航海中、軍艦が機雷に衝突し北海の藻屑となり没した。朝日新聞に遺作となる『明暗』を連載中の漱石はキッチナーの溺死のニュースを六月七日の日記に下村少佐と袁世凱の死を併せて記している。

六月七日［水］

袁世凱の死
キッチナーの溺死
北海海戦の際クヰーンメリ号に観戦武官として乗り込みたる下村小佐の死
一時に伝へらる　其他

（『日記』一九一六（大正五）年）

この二日後の六月九日には大阪毎日新聞で薄田泣菫が「独身元帥」と題する以下のようなコラム（『茶話』）を掲載している。[2]

キッチナー元帥が不意の横死を遂げたのは、同盟国の為に気の毒に堪へぬ。元帥はあの通りの武断主義者で加之《おまけ》に独身主義者であつたから随分敵も多かつたが、例の皮肉屋バアナアド・ショウが『新聞切抜《プレスカチング》』といふ一幕物で、元帥をモデルに扱つたのなぞは最も悪戯《いたづら》がひどい。

（『茶話』一九一六（大正五）年六月九日）

ここで紹介されている『新聞切抜』（*Press Cuttings*, 1909）とはバーナード・ショー（Bernard Shaw, 1856~1950）の戯曲である。キッチナーをモデルにした「ミッチナー将軍」が女性たち（女権拡張論者）

の手の付けられない暴動に遭遇し、周章狼狽したうえに軍隊の発砲を命じるというものである。すなわちキッチナーの「女嫌いで頑固な武断主義者」というイメージをからかった喜劇である。これはキッチナーが国民の大半が崇拝する英雄であったが故に成立した風刺劇であるといえる。泣菫がこのようなお世辞にも傑作とはいえない作品にまで目を通していたことには驚かされる。

キッチナーはこの戯曲が書かれた一九〇九（明治四十二）年十一月二日に英国王エドワード七世の名代として宇都宮での陸軍大演習（十一月七日から九日まで）の視察に来日した（離日は同月一六日）。このときのキッチナーは日本側から熱狂的歓迎を受けた。東京市の芝紅葉館では東京市長、陸海軍大臣などが臨席して大歓迎会が催され、岩崎家はキッチナーをもてなすために清澄庭園内にわざわざ涼亭を建てた。このように最高位の国賓として大歓迎を受けたキッチナーの姿が漱石の作品『門』（四）で主人公宗助の独白に出てくる。

今日役所で同僚が、此間英吉利から来遊したキチナー元帥に、新橋の傍で逢つたと云ふ話を思ひ出して、あ、云ふ人間になると、世界中何処へ行つても、世間を騒がせる様に出来てゐる様だが、実際さういふ風に生れ付いてきたものかもしれない。自分の過去から引き摺つてきた運命や、又其続きとして、是から自分の眼前に展開されべき将来を取つて、キチナーと云ふ人のそれに比べて見ると、到底同じ人間とは思へない位懸け隔たつてゐる。斯う考えて宗助はしきりに烟草を吹かした。

（『門』四、一九一〇（明治四十三）年）

『門』（三）で宗助はハルピン駅で暗殺された伊藤博文に関して、伊藤は殺されたから歴史的に偉い人になれるのだという皮肉な見方を妻と弟に語っている。宗助のこの発言は、毀誉褒貶はあるにせよ明治の元勲に対する正当な評価とは思えないが、キッチナーに対する独白も同様に、世界的な英雄に我が身を対比し自らの境遇を素直に嘆く弁ではないようだ。宗助は親友の妻を奪ったことで大学は中退せざるを得なくなり、実家からは勘当されてしまい、今はしがない役所勤めのサラリーマンである。しかし上述の宗助の独白には、自分はキッチナーのような英雄にはなれそうもないが、しかしまた実はなりたくもないという若干の反骨が込められているようにも思える。ここには作者漱石の感情が遠まわしに表明されているのではないだろうか。実際、漱石自身も兵隊になって国家のために戦争に行くなど真平御免の人であった。

さてキッチナーはこの来日直前、満洲、朝鮮を視察しており、上海から北京を経由し旅順に日露戦争の旧戦場を視察し、伊藤博文がハルピン駅で暗殺された十月二十六日には奉天に滞在していた(3)。キッチナーは奉天駅を出立する前に伊藤への哀悼の花環を献じている。そしてその後京城を経由し釜山から乗船し下関に達した。これら来日前のキッチナーの動向は逐一、朝日新聞が伝えているが、漱石もまた同紙に旅行記『満韓ところどころ』を連載中であった。また漱石はキッチナーにひと月ほど先立ち、古い友人で満鉄総裁であった中村是公の招きで、上述の旅行記執筆の取材のため満洲、朝鮮旅行を行っていた(4)。そしてその旅程はキッチナーのそれと重なるところも多かった。漱石はキッチナーと同じく旅順の二百三高地も訪ね（九月十日）、さらにキッチナーは訪れなかったが伊藤博文が射殺されることになるハルピンの駅のプラットフォームを歩いた（九月二十二日）。

漱石が作品のなかでキッチナーを話題にしているのは『門』（四）だけであるが、その他にもキッチナーの動向に目を配っていた痕跡がノートや日記に残っている。本章では同時代人とはいえ人物のタイプとして両極端に位置するような「文人」漱石と「武人」キッチナーの不思議な関係を同時代の三つの戦争を手がかりに探ってみたい。

第一節　ボーア戦争

一九〇〇（明治三十三）年留学先のロンドンに到着したばかりの漱石はまだ不案内なロンドンで南アフリカの（第二次）ボーア戦争から帰還したばかりの兵隊を歓迎する雑踏に遭遇し困却したと記す。

十月二十九日（月）岡田氏ノ用事ノ為め倫敦市中ニ歩行ス方角モ何モ分ラズ且南亜ヨリ帰ル義勇兵歓迎ノ為メ非常ノ雑沓ニテ困却セリ夜美野部氏ト市中雑沓ノ中ヲ散歩ス

（『日記Ⅰ』一九〇〇（明治三三）年）

英国ではこの直前の九月二十六日から十月二十四日までの期間に総選挙が行われていた。この選挙は戦時下の選挙ということで「カーキ選挙」（その年から導入されたカーキ色の軍服にちなむ）と呼ばれた。その戦争とは一八九九年に始まった第二次ボーア戦争（第一次ボーア戦争は一八八〇～一八八一年）である。十九世紀後半は帝国主義的なヨーロッパ各国がこぞってアジア、アフリカに進出した時代であった。南アフリカでは一八六七年にダイヤモンド鉱脈が発見されたことで英国の関心はより高まった。英国は事あるごとに南アフリカへの介入を強め、一八七九年にはすでにインド洋に面した地域に築かれたズールー王国を武力で滅ぼしていた。そして次に英国が南アフリカの覇権をとることの障壁となったのが、十七世紀末から農民として入植していたオランダ系移民（ボーア人）であった。彼らは英国の支配の強いアフリカ南端のケープ植民地から北東に移動し、オレンジ自由国とトランスヴァール共和国を建国した。そしてボーア人が英国の度重なる介入に強く反発したことで生じたのが二度のボーア戦争であった。

一九〇〇年秋の総選挙が行われた時には、ようやくその一年前から指揮をとったロバーツ伯爵（Earl Roberts, 1832～1914）の指揮する英軍は優位に立ちつつあったものの完全な勝利はまだ遠かった。しかし自由党の一部と連立した（与党）保守党はボーア戦争における英国の勝利は確実で時間の問題であると喧伝し、思惑通りにソールズベリー侯を首班とする保守党が議席数を伸ばし再選された。しかしボーア軍が作戦を変更し、ゲリラ戦術を導入すると英軍は再び苦戦を強いられた。

キッチナーはこの不利な戦況を同年十二月にロバーツ伯爵から引き継いだが、総司令官として大きな作戦変更を命令した。それは一九〇〇年十二月末から導入した「焦土作戦」（a scorched earth policy）であった。これはゲリラ活動を支援しているとみなされたボーア人の農場と家畜を焼き払い、その住民（主として女や子供で二十八万人に達したといわれる）を四十五の強制収容所に収監するというものであった。キッチナーのこれらボーア戦争における焦土作戦のおかげで二十世紀に最初に強制収容所（concentration camps）を導入したのはヒットラーでもスターリンでもなくキッチナーであったという汚名が現在も残る。またキッチナーの強制収容所の多くは衛生条件や食事が劣悪であったため多くの民間人が死亡した。このことが英国の福祉運動家ホブハウス女史（Emily Hobhouse, 1860~1926）のキャンペーンによって本国で広く知られるようになり、作戦を開始して一年後、漱石の留学中の一九〇一年末にはキッチナーは収容所への強制移住を停止させた。

しかしすでに焦土作戦の効果がみられ、ボーア人のゲリラ活動は鎮圧された。その結果ボーア戦争は「カーキ選挙」から一年半後の一九〇二年の五月に英国の事実上の勝利で終結した。このときトランスヴァール共和国とオレンジ自由国が事実上消滅し、英国が南アフリカの鉱山資源を牛耳る準備となるフェリーニヒング（Vereeniging）条約が結ばれた。

勝利は収めたもののこの戦争は英国にとっても犠牲は大きかった。また露骨な帝国主義の侵略戦争であるという厳しい国際批判も浴びた。英国が国際外交上の「名誉ある孤立」を捨ててボーア戦争終結前に日英同盟を締結したのは、ボーア戦争によって英国の軍事力の限界が明白になったことが大きい。英国は長らく脅威となっていたロシアの南下政策（それは東アジアからインド、アフガニスタンという広い範囲にわたる）を単独ではとても押しとどめることができないという認識を新たにした。ボーア戦争終結後、一九〇二年十一月にインド方面軍総司令官となって赴任したキッチナーも英国配下のインド軍の脆弱さを認識し、有事には日本軍による援軍を要請するべきだという報告を本国に送っている（Nish 2012a: 316-317）。

日英同盟は漱石のロンドン留学中の一九〇二（明治三十五）年一月三十日に現地で調印され、二度の延長を経て一九二三年八月十七日に一九二一年に調印された英国、アメリカ、フランス、日本の四カ国条約に拡大解消する形で失効した。特に一九〇二年の第一次日英同盟は両国がロシアの南下政策を牽制したいという意図の一致があった。そして条約はどちらかの国が交戦状態になり、それが一国対一国ならば中立、一対二以上ならば友国のために参戦するという条件を含んでいた。漱石はたびたび日英同盟とその締結を喜ぶ日本人に対して不快感を述べている。ロンドンから一九〇二年三月十五日の日付で中根重一に発送した書簡では「恰も貧人が富家と縁組を取結びたる喜しさの余り鐘太鼓を叩きて村中かけ廻る様なもの」とまで評している(5)。このように漱石はロンドンの下宿先で日英同盟のニュースを苦々しく思いながらも熱心にボーア戦争の推移を見つめていたようだ。その片鱗が後年の作品になるが次の引用にもうかがわれる。

（明治三十三年十一月十二日に入居したロンドンの最初の下宿に居たドイツ人老人を評して）南亜の大統領にクルーゲルと云ふのがあつた。あれによく似てゐる。

（『永日小品』「下宿」一九〇九（明治四十二）年一月二一日）

クルーゲル（Paul Kruger, 1825~1904）が南アフリカ共和国（正しくはトランスヴァール共和国）の大統領であったのは一八八〇～一八九〇年の間で、英国の介入に頑強に抵抗するボーア人の指導者であった。彼は第二次ボーア戦争の末期にはヨーロッパへの亡命を余儀なくされたが、ヨーロッパで英国へのボーア人の抵抗運動を助けたことで知られ現代でも尊敬を集めている。そしてその魁偉な容貌は欧米の新聞に戯画化された姿で多く掲載されていた。また漱石は次の引用が示すようにボーア戦争は英国の帝国主義者による資源（ダイヤモンド、金鉱）収奪のための戦争という認識を持っていた。

魯西亜と日本は争はんとしては争はんとしつゝある。支那は天子蒙塵の辱を受けつゝある。英国はトランスヴハールの金剛石を掘り出して軍費の穴を填めんとしつゝある

（『倫敦消息』（『ホトトギス』所収）一九〇一（明治三十四）年四月二六日）

そしていよいよボーア戦争が終結したときの漱石のコメントは以下のようである。ここでも漱石はボーア戦争は帝国主義の英国が端緒を開いた植民地戦争であると認識し、それに対する嫌悪感が強く表明されている。

1902 June 1. 御寺ノ鐘鳴ルpeaceノ報至ルガ為ナリ．八日全国ノ寺院ニテ thanksgivingヲ行フ自ラ戦端ヲ啓キ自ラ幾多ノ牛命ヲ殺シ．自ラ鉅万ノ財ヲ糜シ而シテ神ニ謝ス何ヲ謝セントスルヤ馬鹿々々シキコトナリ

（『ノート』IV-14 Taste, Custom etc. 一九〇二（明治三十五）年六月一日）

漱石は英国留学を経るとたいへんな英国嫌いになって戻ってきたことで知られる。それは彼が留学中熱心に新聞報道などを追いかけていた第二次ボーア戦争（南アフリカ戦役）を通じて英国の帝国主義的な醜い側面をつぶさに観察したことも大きな要因であったと考えられている（水川 2010：51が指摘）。このような漱石の第二次ボーア戦争に対する否定的な態度は同時代の英国の知識人ではハーバート・スペンサー（Herbert Spencer, 1820～1903）の態度と非常に近いということを指摘しておきたい。スペンサーは晩年のエッセイ集*Facts and Comments*（Spencer 1902）のなかでスーダンのマフディー戦争と併せて、アフガニスタン出兵（一八七八～一八八〇年）や第二次ボーア戦争を英国の帝国主義（スペンサーの用語では軍国主義社会の一つの側面）として激しく非難している。(6)

ボーア戦争終結の報に接した漱石のコメントはスペンサーがボーア戦争に対して残した一九〇二年のエッセイ集（Spencer 1902）にみられる帝国主義批判と共鳴している。そのエッセイ集から「帝国主義と奴隷制」の冒頭を引用してみる。

"You shall submit. We are masters and we will make you acknowledge it!" These words express the sentiment which sways the British nation in its dealings with the Boer republics; and this sentiment it is which, definitely displayed in this case, pervades indefinitely the political feeling now manifesting itself as Imperialism. Supremacy, where not clearly imagined, is vaguely present in the background of consciousness.

（Imperialism and Slavery : Spencer 1902 : 112）

（私訳）「お前たちは服従せよ。我々がお前たちの主人であることを知らしめてやる！」これらの言葉がボーア共和国に対する英国民の感情を支配している。そしてボーア共和国に対峙する際にはっきりと示されているこの感情が、帝国主義という形で現れた政治的感情に漠然と浸透しているのだ。そして優越感が、それとははっきりと自覚されてはいないものの、（英国民の）意識の後方にぼんやりと存在している。

（「帝国主義と奴隷制」：スペンサー 1902 : 112）

第二節　マフディー戦争

漱石の留学中の「東西ノ開花」と題されたノートのなかでアメリカの心理学者・哲学者ウイリアム・ジェイムズ（William James, 1842～1910）の著書に関して論じている部分に「（キッチナーの）kitヲ焼キタル例」という意味不明とされる記述がある。

asceticism. 仏，士道 —（ノミ）（シラミ）馬ノ尿スル云々芭蕉ノ句，一ハSpartan一ハ宗教的ニテ両々存在セリ儒仏共ニ欧洲ニテハ中世紀ニカギルナリ，近来ハ昔人ガ如何ニカ、ル鞾行ヲナセシカ寧ロhorrorヲ以テ之遠望スルノミ之ニ習ハントハセズ
又Christノ一頬ヲ打ツモノアラバ他ノ頬ヲ出セト云フ教ハ無慚ニモ科学，物質的開花ノ為ニ打死ヲ遂ゲタリト云フモ不可ナシ
（この項の冒頭から線を引いて）〈Lord Kichener ノ kitヲ焼キタル例ヲ見ヨ—此弊ハJames自身モ認メタリ，Rel.Ex. p.365 此ヲ補フ者，athletics, militarism等アルニ関セズ〉

（『留学中のノート（東西ノ開花）』：全集㉑）

管見に入った限りこの謎解きを試みているのは水川氏（水川 2010）だけである。そして同氏は「kit

ヲ焼キ」をキッチナーの第二次ボーア戦争（一八九八〜一九〇二年）における「焦土作戦」と結びつけて以下のように述べている。

漱石は、留学時代の『ノート』に「Christノ一類ヲ打ツモノアラバ他ノ類ヲ出セト云フ教ハ無慚ニモ科学、物質的開花ノ為ニ打死ヲ遂ゲタリト云フモ不可ナシ」と述べ、それにつづけて、「Lord Kichener ノ kitヲ焼キタル例ヲ見ヨ」と記しています。なお『漱石全集』第二十一巻（一九九七年　岩波書店）の脚注には「『Kitヲ焼キ』」は不詳」とありますが、ここでの「Kit」は「すべて」を意味する俗語的表現ではないかと思われます。漱石は、科学的・物質的な開花による武器や戦術の発達がイエス・キリストの説いた非暴力や寛容の教えの死を招いたと考え、キッチナー将軍が焦土作戦ですべてを焼きはらったことを、その典型的な例として挙げたのでしょう。（水川 2010：49）

このように水川氏の（キッチナーの）「kitヲ焼キ」を漱石が深い関心を持っていたボーア戦争における「焦土作戦」と結びつける説は十分に納得できるものである。しかしながら筆者は「kitヲ焼キ」によって漱石が意図したのはキッチナーが関わった別の戦争であった可能性を提示したい。

それは第二次ボーア戦争に先立ちキッチナーが指揮したマフディー戦争（一八九七〜一八九八年）である。現代の私たちにとってボーア戦争は資源争奪を目的とした帝国主義の時代にみられた過去の戦争とみなすことが可能だろう。しかしスーダンにおけるマフディー戦争は近年の世界規模でのイスラム原理主義の再興をみるにつけ、二十一世紀に生きる我々により切迫した種類の戦争に思える。それはマフディー戦争が近代の西洋列強（英国）による最初の「イスラム国」（イスラム原理主義国）の制圧であったからだ。実際、現代のタリバンやハマスなどのイスラム原理主義指導者がこのスーダンにおけるマフディストの反乱（一八八一～一八九八年）から強い影響を受けているといわれる。

十九世紀の初頭にナポレオンの軍隊を北アフリカで破った英国はエジプトの覇権を手中に収め、オットーマン帝国が一八四〇年頃より瓦解し始めるとナイル川上流（南部）にあるスーダンをエジプトに支配させた。そしてスーダンをも属国としてみなしていた。しかしナイル上流の貧しい船大工の息子であったムハメッド・アーメッド（Muhammed Ahmed, 1844～1885）が天啓を受け、近代における最初のイスラム原理主義運動を開始すると状況は一変した。瞬く間にこの運動に多くの支持者が集まり、アーメッドは自らをマフディー（Mahdi「導かれた者」すなわち宗教的指導者）と名乗るようになり、一八八一年にスーダン南部を中心に「イスラム国」が樹立された。彼らは西洋文化の影響を徹底的に排除し、コーランを厳格に遵守する生活を主張した。また彼らはキリスト教徒を迫害し奴隷制を復活させた。英国は一八八三年に制圧のためにヒックス大尉（William Hicks, 1830～1883）に率いられた八十人のエジプト兵を南スーダンに送ったが逆に全滅させられた。

そんなとき一八七七年から三年間スーダンで統治総監を務め、アヘン戦争の時の英国の行政官として中国で実績を挙げたチャールズ・ゴードン将軍（Charles Gordon, 1833~1885）がグラッドストーンの反対を押し切ってスーダンのハルツーム（Khartoum）に一八八四年二月に交渉役として戻ってきた。しかしゴードンのマフディーとの交渉は不調に終り、英軍とエジプト軍が駐留していたハルツームはマフディー軍に包囲され、援軍のないまま三百十七日も孤立させられた。この間、英国ではゴードンに援軍を送れという世論が高まったものの、首相で自由党党首のグラッドストーンは特に何の資源もないスーダンに帝国の体面維持のためだけにこれ以上兵力を割くことに消極的であった。

そして遂に一八八五年一月にマフディー軍がハルツーム市内に突入した。市内に留まっていた英兵とエジプト兵のほとんどは虐殺され、ゴードン将軍は首を刎ねられた（マフディーはゴードンを人質として残しておきたかったが激昂したイスラム兵士たちを止められなかったという）。この勝利からまもなくその六月にマフディー（ムハメッド・アーメッド）はハルツームで病死する。そして彼の遺体はイスラムの戒律に従って当地の廟に丁重に埋葬された。イスラム教徒は再臨を信じているのでマフディーの遺体を大切に保存する。

マフディーの急死で後継者問題が生じたものの南スーダンのイスラム国の支配は揺るがなかった。一方ゴードンのハルツームでの非業の死は大きく英国で報じられた。帝国とキリスト教の殉教者として「ゴードンの仇を打て」というスローガンが叫ばれ、ゴードンに援軍を送らなかったグラッドストーンの自由党政権は支持を大きく落とした。しかしゴードンの復讐の機会はなかなか巡ってこなかった。

結局ハルツーム奪回の指示をキッチナーに出したのはゴードンの死から十三年後（一八九八年）、ソールズベリー侯を首相とする保守党政権であった。このとき帝国主義的な保守党政権は盛んに愛国心を鼓舞し義勇兵を募り、最新の火器をキッチナーの軍隊に与えた。

キッチナーはエジプトから英兵八千二百人と、エジプト兵とスーダン兵の混合軍一万七千六百人を率い鉄道と汽船で兵站線を確保しつつゆっくりと南下し、遂にハルツーム郊外のオムダーマン（Omdurman）で六万人のマフディー軍と対決した。キッチナー軍は人数の不利を火器の質で補い、マキシム機関銃によって正面突撃するマフディー兵をなぎ倒し、一方的な勝利を収めた（一八九八年九月二日）。キッチナー側の戦死者六百人に対し、マフディー兵の戦死者は一万一千人にも達した。さらにマフディー兵一万六千人の傷病兵は看護されることなく戦場で見殺しにされたといわれる。

九月四日にはキッチナーの率いる英軍がハルツームに入城した。その際、英兵が指導者マフディーの廟を暴き、遺体から頭部を切り離し、さらに遺体に油をかけて焼くという侮辱を加えた。灰になったマフディーの遺体はナイル川に流され、そして彼の頭蓋骨は英軍の誰かが勝利の土産として持ち帰ったといわれている。これがキッチナーの命令であったかどうかは定かではないが、キッチナーがこの復讐行為を黙認したことは間違いない。オムダーマンの戦いに従軍した若きウィンストン・チャーチル（Winston Churchill, 1874〜1965）も従軍記『湖畔の戦争』（*The River War*, 1899）のなかでキッチナーの軍隊が敵の負傷兵を見殺しにしたことやマフディーの遺体を貶めたことを批判した。(7)またキッチナーの軍隊によるオムダーマンの戦いとハルツームにおける蛮行は漱石が留学していた時期にチャーチル以外の多くの従軍記者によっても報じられていた。(8)

漱石のノートにある「Rel.Ex.p.365 此ヲ補フ者, athletics, militarism等アルニ関セズ」のRel.Exとはウイリアム・ジェイムズの講演録『宗教的経験の諸相』(*The Varieties of Religious Experience*, 1902)のことを指す。漱石はこの本をロンドンで買い求め、ノートを取りながら熟読していたようである。同著からの引用は別の留学中のノート(『信仰ノ害(文芸トノ関係)』)にもみられる。

漱石が記したジェイムズの同著の三六五頁は「聖徳の価値」と題された章の一部である。中世の時代には「貧しさ」を含む禁欲主義(asceticism)が聖徳として実践されていたが、それらは今や廃れてしまった。その結果、現代の物質的な贅沢と富裕の礼賛が若者の柔弱と女々しさを助長してしまった。したがって現代ではこれらを矯正する手段として運動競技(athletics)と兵役(militarism)が挙げられているとジェイムズは指摘している。しかし漱石のノートにそれ以上は記されていないが、ジェイムズはその次の三六六頁で兵役(militarism)に関して、重要な但し書きとして、戦場における兵士のモラルが日常生活のそれとは全く異なることを強調している。その証拠にオーストリアのある将校による「役に立つ兵士」に関する言説を引用している。

自分自身の戦友を侮ること、敵の軍隊を侮ること、そしてなによりも自分自身というものをひどく侮ること、これこそ戦争が各人に要求するところである。軍隊にとっては、あまりに多くの感傷や人間的な思慮を所有しているよりも、凶猛にすぎ、残酷にすぎ、野蛮にすぎる方が、はるかにいい。兵士としてなにかの役に立つ兵士であるためには、彼は理性的な思考的な人間の正反対でなければならない。

(James 1902: 366：邦訳：160-161)

このオーストリアの将校の言説が正しければ、キッチナーの兵士たちはスーダンでも南アフリカでも十分に「凶猛で、残酷で、野蛮で」あったので、たいへん役に立つ兵士たちであったといえるだろう。

以上のことを考慮すると漱石が「kitヲ焼キ」と記したのはこのオムダーマンの勝利の後、ハルツームでマフディーの遺体を燃やして侮辱したという復讐劇を意味した可能性は高いと考えられる。kitという言葉の意味は依然はっきりしないが、水川説を踏襲して「キッチナーがマフディーの遺体のkit（一切合財）を焼いた」と解釈することは可能である。また「一方の頬を打たれたら、別の頬も差し出せ」という聖書の引用は通常、復讐の連鎖を防ぐ意味で理解されていることを考えれば、ボーア戦争における「焦土作戦」よりもハルツームで惨殺されたゴードンのマフディー戦争での復讐行為を指すと考える方がよく当てはまる。

第三節　第一次世界大戦

第一次世界大戦は一九一四（大正三）年七月二十八日にオーストリアがセルビアに宣戦布告したことに始まる。続いて八月一日にドイツがロシアに宣戦布告し、八月三日にはドイツがフランスに宣戦布告する。そしてイギリスはロシア、フランスの三国協商国として八月四日にドイツに宣戦布告し、日本は日英同盟を理由に八月二十三日にドイツに宣戦布告した。

第一次世界大戦が勃発した時に先進国のなかで徴兵制を導入していなかったのは自由主義に基づく伝統的な志願入隊制をとっていた英国と米国だけであった。ドイツはすでに一八七〇年代から徴兵制を敷いており、オーストリア・ハンガリー帝国、フランス、ロシアもこれに倣って徴兵制を導入していた。日本でも一八七三（明治六）年にすでに国民の義務として国民皆兵を目指す徴兵令が出されている。

開戦当時は同盟国側も連合国側もこの戦争は短期決戦で、同年のクリスマスまでに終結すると確信していたといわれる。しかしキッチナーは当初からこの戦争が長期化することを見越していた。それゆえ徴兵制のなかった英国で出来るだけ多くの志願兵を募ることに力を注いだのである。そんなキッチナーのイメージとして強烈なのは、開戦直後一九一四年に作成された第一次世界大戦志願兵（「キッチナーの軍隊」と呼ばれた）を募集するポスターである。(9)それは軍帽、軍服を身につけた八の字髭のキッチナーが見るものを威圧するように直視しつつ真正面を指さし "Britons wants you. Join your country's army! God save the King" というメッセージを告げるものである。このポスターがいかに効果があったかについては全く同じ意匠がアメリカの第一次大戦志願兵募集ポスターにキッチナーの姿をアンクル・サム（擬人化されたアメリカ）に替えた "I want you for U.S.Army" が採用されたことでも分かる。

さらにキッチナーは軍隊に馴染みのない一般人が前線に志願しやすくするため、同じ地域や職場から前線に志願した新兵たちが同じ部隊に配属されるようにする「仲間の部隊」（Pal's Battallion）を考案した。また同じ頃フィッツジェラルド海軍中将（Charles Penrose-Fitzgerald, 1841～1921）は兵役に志願することを渋る男性に心理的圧迫を与えるある手段を思いついた。それは軍服を着ていない男性に対し街頭で女性が「臆病者」のシンボルである「白い羽根」を手渡す「白い羽根（White feather）運動」を組織することであった。これら心理的誘導や脅迫のおかげもあり、一九一四年八月からの短期間で驚く程多くの志願兵が集まった。実際一九一四年末の英軍の兵士は七十一万人（そのうちわずか八万人が職業軍人）であった。

それでもキッチナーが死去（一九一六年六月五日）する前から、戦況に激しさが増し、塹壕戦が長期化するに伴い兵力が不足するようになった。そのためやむなく英国で初めての徴兵制が一九一六年一月に導入されるに至った。この徴兵制は十八歳から四十五歳までの独身の男子を対象としたものであったが、クエーカー教徒のように宗教的、あるいは家庭の事情などで兵役免除の申し立てを行い、審査で認められれば、後方支援に配属されることも可能であった。しかし自由主義の伝統のある英国が徴兵制を導入したことは世界中で衝撃的な出来事として受け止められた。後で述べるように漱石もこの重大性を認識していた。この結果、一九一七年には五百万人の英兵が従軍していたが、その約半数が徴兵された兵士であった。

漱石と兵役について語れば、日清戦争が迫る一八九二（明治二十五）年に漱石が徴兵を逃れるために本籍を免除策のあった北海道に移したことはよく知られている。そしてこの兵役忌避に関して漱石は自責の念にかられるということもなかったようだ。それは作品『猫』のなかで自分の号である「漱石」を「送籍」と茶化していることと、そして一九一一（明治四十四）年の談話で自分の子供がどのようにして父の兵役忌避を知ったのかと笑い話として語っていることに表れている。

〇（東風君が昨今の詩は解りにくいと説明する）

「……先達ても私の友人で送籍と云ふ男が一夜といふ短編をかきましたが、誰が読んでも朦朧として取り留めがつかないので、当人に逢つて篤と主意のある所を糺して見たのですが当人もそんな事は知らないよと云つて取り合はないのです。……」

（『吾輩は猫である』六）

（全集注）送籍　漱石のもじり。送籍とは、結婚・養子縁組などの理由で、戸籍を他家の戸籍に送り移すこと。漱石には、慶応四年、塩原昌之助・やすと養子縁組をなし、明治二十一年に夏目家に復籍。明治二十五年に分家し、北海道後志国岩内郡岩内浅岡仁三郎方へ籍を移すという「送籍」の体験があった。

○……子供は真実に油断は出来ぬ、親の知らぬ中に親の秘事でも何でも嗅付けるから驚く、先日も矢張小学校へ行つてる長男が先生から徴兵忌避は国民の恥辱である、此国民たる義務を遂行しなくては忠良の日本国民ではないと云ふ様な意味の話を聞かされた時、長男がスツト立上つて「ダツテ先生、私のお父さんは北海道へ行つて徴兵をのがれたのですがお父さんは日本国民ではないのでしやうか」と先生に質問を浴せた、先生グツと行詰つて暫く黙つて居たが漸く思付いて「イヤ、あなたのお父さんは外の方で国家のお為になりなさる方だからそれでい、ので す、だが他の方がソンナことをなさる様であつたら必ず諌めて上げなさい」と教へたそうだ。これは後に他の人から聞いたのだが父が北海道に転籍して徴兵忌避をしたなぞ誰が教へたものだか実際驚かれる。（談）

（「夏目博士座談」『高田日報』一九一一（明治四十四）年六月二十日（全集㉕））

漱石の第一次世界大戦に関する見解を『硝子戸の中』（一）と晩年のエッセイ『点頭録』のなかから以下に抜粋し、検討を加えてみよう。

①去年から欧洲では大きな戦争が始まつてゐる。さうして其戦争が何時済むとも見当が付かない模様である。日本でも其戦争の一小部分を引き受けた。

（『硝子戸の中』一、一九一五（大正四）年一月十三日）

②（今度の欧州戦争がどのような影響をもたらすかと尋ねられて）

「何んな影響が出て来るか、来て見なければ無論解りませんけれども、何しろ吾々が是はと驚くやうな目覚しい結果は予期しにくいやうに思ひます。元来事の起りが宗教にも道義にも乃至一般人類に共通な深い根柢を有した思想なり欲求なりに動かされたものでない以上、何方が勝つた所で、善が栄えるといふ訳でもなし、又何方が負けたにした所で、真が勢を失ふといふ事にもならず、美が輝を減ずるといふ羽目にも陥る危険はないぢやありませんか」

自分はさう云ひ切つて仕舞つた。さうして戦争の展開する場面が非常に広い割に、又それに要する破壊的動力が凄じい位猛烈な割に、案外落付いてゐられるのは、全く此見解が知らず〳〵胸の裡にあるからだらうと、私かに自分で自分を判断した。

（『点頭録』一九一六（大正五）年一月（全集⑯））

③（第一次世界大戦のもたらした影響について軍国主義を挙げる）

独逸は当初の予期に反して頗る強い。聯合軍に対して是程持ち応へやうとは誰しも思つてゐなかつた位に強い。すると勝負の上に於て、所謂軍国主義的なるもの、価値は、もう大分世界各国に認められたと云はなければならない。さうして向後独逸が成功を収めれば収める程、此価値は漸々高まる丈である。英吉利のやうに個人の自由を重んずる国が、強制徴兵案を議会に提出するのみならず、それが百五対四百三の大多数を以て第一読会を通過したのを見ても、其消息はよく窺はれるだらう。（それに続く章で漱石はドイツの軍国主義・愛国主義で有名な歴史家トライチケHeinrich von Treitschke, 1834～1896に対する批判を記す）

（『点頭録』一九一六（大正五）年一月）

①『硝子戸の中』に記されたようにたしかに日本は第一次世界大戦の小部分を引き受けた。具体的には日本陸海軍が一九一四年の年末までに青島と南洋諸島のドイツの拠点を攻略したことを指しているだろう。英国はこの他にも日本に様々な要望を出していた。キッチナーは陸軍大臣として一九一五年の春から夏にかけて日本が「昨日の敵」であったロシアにより多くの武器を供給することを要請している。その記録が英国公文書館に残っている。当時ロシアは前線を広げすぎ、武器弾薬不足に落ちいっていた。日本側はこの要請によく応え、多くのライフルと弾薬を供給したという（Nish 2012b: 162

−163)。

②『点頭録』に記された今回の大戦は深い影響をもたらさないようだという漱石の見解は当たっていなかった。第一次世界大戦の原因を特定することは現在もできていない。しかしそれが欧州の社会、文化全般に与えた影響は第二次世界大戦のそれよりも確実に大きかった。そのことはロシア革命を誘発し、戦後にナチズムを勃興させたことを指摘するだけで十分であろう。また欧州で「大戦」（the Great War）といえばそれは第一次世界大戦のことであり、第二次世界大戦ではないことにも前者の影響力の大きさが表れているようだ。

③『点頭録』に記された漱石の第一次世界大戦に関する見解は、漱石を含む同世代の日本人が深い影響を受けたハーバート・スペンサーの社会進化論に基づいて解釈すべきであろう。

漱石は一九一五（大正四）年のエッセイ『硝子戸の中』（九）のなかで第一高等中学校時代にスペンサーの『第一原理』（*First Principles*, 1862）を友人から借りたことが忘れられないと記している。同著は宇宙、地球、生命、人間社会、言語といったすべての事柄を「進化」（evolution）というキーワードで解き明かそうとした壮大な試みである。スペンサーのいう第一原理というのはすべての事柄は均質性（homogeneity）から多様性（heterogeneity）に進化するとし、またその進化の過程が進行すればするほどその構成要素の自主性は増すということを大原則と考えたことにあったようだ。

スペンサーは生物の世界でダーウィンが提唱した進化論を人間社会に適用し、「社会進化論」を提唱したといわれている。「適者生存」(survival of the fittest) という新語をつくったのはダーウィンではなくスペンサーである。しかしスペンサーの考えた人間社会の進化とは動植物の進化とは異なる側面を持つ。そこでは進化の過程で人間の多様性が増すだけではない。スペンサーのユニークさは、社会進化論は人間一人ひとりが他者を大切にするという倫理を本能として備えるように進化すると考えていることである。そして大多数の個人がそのような状態に達すると、個人に秩序を強要する国家のような組織はむしろ消滅するとした。このようにスペンサーにとって「適者」とは他者を押しのけて「生存」しようとする利己的な個人では決してない(10)。まして強い国家が弱い国家を押しのけて、資源を奪い取り、強い国家の国民が栄えるというような国家主導の「適者生存」はスペンサーの意図したことではなかった。

スペンサーは近代の国民国家をmilitant type of society (軍国主義社会) とindustrial type of society (産業社会) の混合と考えた。このスペンサーの用語は通常の意味とは異なる。前者は単に軍事に特化した好戦的な社会という意味ではなく、政府が中央集権的で、国民生活に強く干渉する社会を指す。例えば当時、医療とは患者がそれぞれの支払い能力に応じて医者と個々に結ぶ極めて私的な関係とみなされていた。そんな時代にプロシアの宰相ビスマルク (Otto von Bismarck, 1815~1898) が、欧州で最初の強制的な国民保険制度を一八八三年に導入したことはスペンサーにとって「軍国主義的」なのである。また貿易に関して「軍国主義社会」は保護主義をとり、国家が主導して他国に侵略することも辞さない帝国主義的な行動をとる。これに対し後者の「産業社会」は単に商工業が発達した社会を意味するのではなく、個々人が高い自由主義の倫理を有していることから権力が分散化され、国家権力の介入は最小限であり、他国への軍事侵略よりも貿易を優先する開かれた社会のことをいう。スペンサーは明らかに社会進化は「産業社会」に向っていると考えていた。

スペンサーは一八八一年（初出）に発表した論文でプロシアの宰相ビスマルクが軍国主義を強硬に推し進めていることに警戒感を表明していた（Spencer 1882: 588-590）。しかし英国の場合はズールー戦争（一八七九年）を最後に愛国主義的な風潮は沈静化し、「軍国主義社会」から「産業社会」に進化しつつあると考えていた。ところがその後ビスマルクは宗教を国家の傘下に置く「文化闘争」（Kulturkampf）にも成功を収め、ドイツの軍国主義化の勢いは止まらなかった。さらに英仏においてもドイツ帝国に対抗して新たな帝国主義的な侵略戦争をアジアやアフリカに繰り広げるという現象がみられるようになった。スペンサーは晩年、欧州各国の軍国主義社会化の傾向をくり返し非難したが、それら逆行する社会進化の矛盾を解くことはもはやできなかった。

③『点頭録』で指摘されているように自由主義を先導していた英国が第一次世界大戦中に国家が個人に強いる義務として徴兵制を導入したことの意味は小さくなかった。また英国では第一次世界大戦前の一九一一年にビスマルクの国民健康保険を模した国民保険が自由党政権によって施行された。これを福祉国家の誕生と称える人も多いが、スペンサーの見方をとれば「産業社会」から「軍国主義社

会」への退行なのである。

このようにスペンサーのいう「軍国主義」とは今日の言葉では「集産主義」（collectivism）と言い換えるほうがふさわしいだろう。いずれにせよ十九世紀末から二十世紀前半の欧州ではスペンサーの個人の倫理の進化を前提とする自由主義思想は大きく後退し、逆に国家の権力が拡大する集産主義に向かった時代であった。[11] しかし今、我々が後に生まれた者の立場で二十世紀を振り返ると、英米の自由主義者には選択の余地はなかったようにみえる。つまり英国における徴兵制や国民皆保険の導入、そしてアメリカのニューディール政策に象徴される集産主義的な妥協をこの時代に行わなければ自由主義陣営は、世界史上の集産主義の二雄、すなわち第二次世界大戦におけるナチズムとその戦後のスターリニズムと対峙することは不可能であったに違いない。

おわりに

漱石は一九〇六（明治三十九）年に門下生であった松根豊次郎（一八七八〜一九六四年）に次のような書簡を送っている。

日本人を征服するのは容易なものである漱石先生が英国人よりえらいと云ふ事が証明出来れば

日英同盟を誇る日本人はすぐグニやリとするのである。そこで僕の生活の目的は先づ英国人よりもえらくなる事である。而して百年立てば漱石先生は遂に英国人よりえらい人物となる。そこで自然の順序として日本人は一も二もなく先生に向つて恐れ入るのである一寸是丈を附記する。何だか今日の手紙は気焔許りである。是は今日食つた西洋料理の御蔭である

（『書簡』松根豊次郎宛、年月日不明［一九〇六年（明治三十九）年十一月十七日？］）

この手紙では西洋料理を食って精をつけ、西洋人を超克するエネルギーを得るというのが漱石の卓抜なユーモアである。これを『門』（四）において宗助がキッチナーに関して発した「是から自分の眼前に展開されべき将来を取つて、キチナーという人のそれに比べて見ると、到底同じ人間とは思へない位懸け隔たつてゐる」という、ことさら卑屈な独白と対比してみると興味深い。この松根豊次郎に宛てた手紙の中で漱石が示した予言は、キッチナーという英国人と漱石という日本人に関しては今や実現している。

キッチナーは百年前、「世界中何処へ行つても、世間を騒がせる様に出来てゐる」英国の誇る英雄であった(12)。しかし現在、キッチナー元帥は英国の醜い帝国主義的侵略の走狗とされ、本国においても批判の対象になっても、その事蹟についてまともに語られることはほとんどない。またキッチナーはスーダン、南アフリカで部下であったダグラス・ヘイグ元帥（Douglas Haig, 1861~1928）と同一視され

ることも多い。ヘイグは第一次世界大戦の欧州戦線を指揮した英軍総司令官で、終戦直後は故国で英雄として迎えられた。しかし現在ヘイグは第一次世界大戦の塹壕戦においてあまりに多くの志願兵を「大砲の飼料」(cannon-fodder)として無意味な突撃死に追いやった無能で頑迷な司令官であるとされ「屠殺人ヘイグ」(Butcher Haig)とまで呼ばれている。[13]

一方、漱石は世界的に「えらい人物」となっているのではないか。彼の文学は我々日本人のみならず、西洋と東洋の文明の衝突に関心のある世界のすべての人々が読まずには済まされない世界的な古典となっている。我々日本人はもはや一も二もなく漱石先生に向かって恐れ入っているのである。

注

(1)「白人の責務」(The White Man's Burden)はキップリングが一八九九年に発表した詩である。もともと副題の"The United States and the Philippine Islands"にあるように、同年に米西戦争の勝利によってフィリピンの覇権を手に入れたアメリカにキップリングが捧げた作品である。しかしこの作品は広く文化的・経済的発展に遅れた地域の人々をより良い状態に導くのが「白人の責務」であるというメッセージを持つとされ、欧州列強のアジアやアフリカの植民地主義全般を肯定していると考えられていた。

(2)この他に泣菫はキッチナーを三度『茶話』の話題に取り上げている。それらは以下のものである。「早い菓物」(一九一六年六月十四日)、「キ元帥の幽霊」(一九一六年九月十六日)、「独身主義者と結婚」(一九一九年七月十七日)。

(3)朝日新聞の報道(一九〇九年十月十三日)によれば来日するまでのキッチナーの旅程は以下のようである。
一九〇九(明治四十二)年十月二十日　北京発、二十一日　牛家屯発、旅順着、二十二日　戦線を視察、二十三日　奉天に向かう、二十四日、二十五日　奉天滞在、二十六日　草家口へ向け出発、二十七日　安東着、二十九日　新義州発、三十日　京城滞在、三十一日　釜山発、十一月一日　馬関発、二日　東京着の予定。

（4）漱石の日記によれば中村是公に招かれた「満韓ところどころ」の旅程は以下のようであった。一九〇九（明治四十二）年九月二日　大坂発（鉄嶺丸乗船）、六日　大連着、十日　旅順に向う、二百三高地、十一日　旅順港湾見学、十二日　旅順出発、大連着、十四日　大連発、熊岳城着、十五日　松山を訪問、営口に向う、十九日　奉天に向う、奉天着、二十一日　撫順に発つ、奉天に戻る、二十二日　長春着、ハルピン着、二十三日　長春着、二十六日　安奉線に向かって出発、平壌着、三十日　平壌発、京城着、十月二日　仁川着、十四日　馬関着。

（5）しかしながら日英同盟によって日本と英国双方が得るものは大きかった。一九〇二年の英軍が南アフリカのゲリラ戦争化したボーア戦争に苦戦していたように英軍は募集兵制の制限もあり、強い軍隊を世界中に配備することは不可能であった。アジアではせいぜい西アジア（アフガニスタン）に軍隊を配備するのが限界で、東アジアでのロシアの南下政策を押し留める戦力を持っていなかった。一方日本としては朝鮮の利権を争うロシアとの衝突は不可避と考えられていた。そのために英国の参戦を脅威とすることでロシアと同盟を結んでいたフランスの参戦を阻止することは重要であった。さらに戦費の調達（日露戦争の戦費の七割は外債の起債によって賄われた）のためには日英同盟という後ろ盾がなければロンドンやニューヨークの国際金融市場で日本の国債が売れる見込みはなかった。漱石が嘲笑するように日英同盟を祝する日本国民は踊らされていただけかもしれないが、日本の為政者は「鐘太鼓を叩き村中をかけ廻る様」に喜んでも無理はなかった。

（6）同著は四十八篇の短いエッセイから成っており、その内容は音楽論、教育論から天気予報まで多岐にわたっている。しかし軍国主義、帝国主義批判は大きなテーマとなっている。例えばPatriotism（pp.88–91）, Imperialism and Slavery（pp.112–121）, Re-Barbarization（pp.122–133）, Regimentation（pp.134–141）には痛烈な帝国主義批判が含まれている。

（7）チャーチルのマフディー戦争の従軍記である『湖畔の戦争』（*The River War*）の初版（一八九九年）ではこのようにキッチナーの軍隊が行った蛮行を批判して記しているが、一九〇〇年以降の版ではキッチナー批判は削除されている。チャーチルは一九〇〇年秋の総選挙で初めて保守党から下院議員に選出された。政治家になったチャーチルは同じ軍拡論者としてキッチナーを敵に回したくなかったからだと考えられる。チャーチルはまた第二次ボーア戦争にも記者として従軍し、後に従軍記を出版しているが、これらはキッチナーが総司令官に就く以前の時期についての記録である。第一次世界大戦勃発時の自由党アスキス（H.H.Asquith. 1852～1928）政権でキッチナーは陸軍大臣、チャーチルは海軍大臣としてともに入閣していた。

（8）例えばスペクテーター誌（Spectator. 7 Jan.1899）に次のような従軍記者のキッチナーの軍隊の野蛮な行為を批判した記事がある。

"Mr. E.Bennett accuses Lord Kitchener's army of gross cruelty after Omdurman"（E・ベネット氏はオムダーマンの戦いの後のキッチナー閣下の軍隊による残虐な行為を弾劾する）

（9）作家イアン・ヘイ（Ian Hay 本名John Hay Beith. 1876～1952）の従軍記 *The First Hundred Thousand*（1916）は英国でベストセラーになり、続編 *Carrying on after First Hundred Thousand* "*K1*"（1917）も出版された。副題と書中にK1と略されるのは一九一四年九月に最初のキッチナーの志願兵募集に応じた十万人の義勇兵のことである。ヘイの著書はプロパガンダの狙いがあるようで塹壕戦の悲惨な状況はほとんど記されていない。

（10）しかしながらスペンサーは同世代の白人知識人と同様、多様な人種のうち英米の白人が肉体的にも知性的にも最も進化していると信じて疑わなかった。『第一原理』二二章（Spencer 1862: 274-275）では「足が長く頭蓋骨の容積が大きい欧米人」は最も進化した人種であり、逆に「足が短かく鼻の低いパプア・ニューギニア人」は進化に遅れた人種のタイプであると記している。

（11）スペンサーは個人と国家の関係について検討し「小さな政府」の方が「大きな政府」よりも個人に多くの幸福をもたらし社会を公平にすると考えた。二十世紀前半の世界の潮流はスペンサーの考えとは逆の「大きな政府」に向かったが、二十世紀の後半はその反動としてのサッチャー英首相やレーガン米大統領の政策に「新自由主義」が影響を与えた。その主導的思想家であったフリードリヒ・ハイエク（Friedrich Hayek. 1899～1992）はスペンサーを先駆者として評価している。

（12）カトリック作家チェスタートン（G.K. Chesterton, 1874～1936）がキッチナーの没後すぐに彼を称える短い伝記（*Lord Kitchener*, London 1917）を著している。チェスタートンは偉大な軍事リーダーとしてキッチナーに賞賛を惜しまない。そしてカトリック作家としてなによりもキッチナーがマフディー戦争において狂信的なイスラム原理主義者を打破したことを中世の十字軍になぞらえて讃えている（チェスタートンはマフディーの遺体に対する侮辱については触れていない）。そしてマフディー戦争の直後、フランス軍がスーダンに侵攻しフランスの利権を主張しようとした際、キッチナーが素早く英軍を現地に派遣し毅然とした態度を見せたことでフランス軍を撤退させたと「ファッショダ事件」（Fashoda Incident 1898）における彼の行動も高く評価している。

（13）一九八九年にBBCでTV放映された人気コメディー「ブラックアダーは前線に行く」（*Blackadder Goes Forth*：脚本Richard Curtis/Ben Elton）は第一次世界大戦の塹壕戦を舞台にしている。英陸軍のブラックアダー大尉（配役Rowan Atkinson）と志願兵の部下は同じ塹壕に三年近く留まっている。劇中、彼らを死に追いやるべく無意味な突撃作戦を強いてやまないのがメルチャー将軍（配役Stephen Fry）である。このメルチャー将軍の風貌と独身主義はキッチナーから、無能で無神経な性格はヘイグからとったといわれている。

参考文献

全集：漱石全集（全二十八巻）、岩波書店、一九九三～一九九九年。

薄田（1983）：薄田泣菫『完本茶話』（上）（中）（下）谷沢永一・浦西和彦編、富山房百科文庫、一九八三年。

水川（2010）：水川隆夫『夏目漱石と戦争』平凡社、二〇一〇年。

James（1902）：William James, *The Varieties of Religious Experience*, London, 1902（『宗教的経験の諸相〈下〉』枡田啓三郎訳、日本教文社、一九六二年）.

Nish（2012a）：Ian H. Nish, *The Anglo-Japanese Alliance, The diplomacy of two island empires, 1894-1907*, Bloomsbury Publishing plc（First published in 1985）, 2012.

Nish（2012b）：Ian H. Nish, *Alliance in decline, A Study in Anglo-Japanese relations, 1808-23*, Bloomsbury

Publishing plc (First published in 1972), 2012.
Spencer (1862): Herbert Spencer, *First Principles* (First Published in 1862) (Reprint of the edition 1904), Osnabrück, 1966.
Spencer (1882): Herbert Spencer, *The Principles of Sociology*, Vol II, Part V, Chapter XXII- THE MILITARY TYPE OF SOCIETY, Chapter XVIII- THE INDUSTRIAL TYPE OF SOCIETY (Reprint of the edition 1882), Osnabrück, 1966.
Spencer (1902): Herbert Spencer, *Facts and Comments* (Reprint of the edition 1902), Osnabrück, 1966.

あとがき

本書は筆者がこれまで発表してきた論文を基にしたものである。書下ろしを含め、以下にその初出を記す。なお、本書への収録にあたり加筆・修正を施していることを付記しておく。

第一章「東西の二人の作家、漱石とゴールズワージーの接点」本書のための書き下ろし
第二章「漱石『三四郎』と『オルノーコ』について」『京都大学国文学論叢』二〇一六・三
第三章「漱石『三四郎』における「ストレイシープ」の意味の変容について」『国語国文』二〇一七・六
第四章「漱石『虞美人草』（十八）におけるメレディスの引用について」『京都大学国文学論叢』二〇一四・三
第五章「漱石とアーサー・ジョーンズの哲学者について」『京都大学国文学論叢』二〇一三・三
第六章「漱石とキッチナー元帥について」『京都大学国文学論叢』二〇一五・三

ここで、拙著の第一章から第六章までの内容をあらあら要約してみたい。英国のノーベル賞作家ジョ

ン・ゴールズワージー（一八六七～一九三三年）の小説『ザ・フォーサイト・サガ』（一九二二年）を読んでいると、留学中の漱石が出てきてもおかしくない場面に遭遇した。それは寒空のロンドンで行われた一九〇一年二月二日のヴィクトリア女王の葬送行進である。その日、漱石はロンドンの中心部に下宿の家主に連れられて見物に出かけていった。筆者はゴールズワージーの小説の架空の登場人物と漱石が隣り合わせであったという場面を想像した。ちなみに『ザ・フォーサイト・サガ』は一九六七年にBBCによってテレビドラマ化され、大成功を収めた。英国、米国のみならずロシアでも放映された。これが今日、英国制作のシャーロック・ホームズからディケンズの小説の歴史ドラマが全世界で成功している端緒とされている。

第二章では、十七世紀王政復古期の作家アフラ・ベーンと漱石をとりあげた。『オルノーコ』の著者アフラ・ベーン（一六四〇～一六八九年）は謎の多い女性である。王党派のスパイとしてオランダに潜伏していた時期もあるという歴史家までいる。二十世紀の後半にはフェミニズム批評の観点からベーンの評価は高まったが、漱石の時代の英国での評価は低かった。『三四郎』の時代に日本の帝大の学生がベーンの作品を読んでいたというのは驚きである。漱石は、九州から上京した三四郎に「高貴な」黒人奴隷オルノーコを重ねることで、三四郎に西洋の文化的奴隷になる青年の姿を投影したと思われる。『三四郎』には（日本は）「亡びるね」と言い放った広田先生の一言が通奏低音として響き渡っているようだ。

続く第三章でも『三四郎』を題材にした。この作品には多くの外来語が登場するが、そのなかで最も謎めいているのは美禰子が発する「ストレイシープ」であろう。大方の予想に反し、英訳の欽定聖書（一六一一年）にこの言葉は登場しない。しかし「ストレイシープ」を強く連想させる祈りの言葉が共通祈祷書（初版一五四九年）にはある。実は英国では二十世紀になるまで聖書を所有しない家庭が多かった。しかしそんな家庭でも共通祈祷書は所有していたという。現代の英語の語彙に与えた影響は欽定聖書に勝さるとも劣らないといわれている。筆者は美禰子の「ストレイシープ」は共通祈祷書が典拠ではないかと考える。

漱石は「ストレイシープ」のように謎めいた一言を英文学から引用することもあれば、西洋の小説のプロット全体を引用することもある。第四章ではそのような例を『虞美人草』（十八）にもとめた。そこにはジョージ・メレディス（一八二八～一九〇九年）の小説の一節にこのような話があるとして、「汽車で駆け落ちをしようとするが最後に思いとどまる女性」の話を紹介している。メレディスの作品では『エゴイスト』（一八七九年）と『十字路のダイアナ』（一八八五年）という二つの作品によく似た状況が描かれている。漱石はどちらが出典であるかを明記していないので、この作品のどちらが漱石の典拠であるかという議論がかねてからある。筆者はこの二つの出典の要素を混合することで曖昧化することが漱石の狙いであったと考える。

また漱石は英文学に登場した特殊な人物のタイプを引用している。それが第五章で論じた『我輩は猫である』に登場する悲観主義哲学者である。同作ではヴィクトリア朝の劇作家アーサー・ジョーンズ（一八五一～一九二九年）の劇作に登場する「悲観主義哲学者」が苦沙弥先生の口から語られる。この哲学者は、アーサー・ジョーンズの『十字軍』（初演一八九一年）という喜劇に登場するジョールというショーペンハウエルを戯画化した人物が典拠であると筆者は考える。ジョーンズの『十字軍』は駄作としか思えない作品であるが、ジョールは英国の演劇に登場した最初の悲観主義（ペシミスティック）哲学者であるという名誉を与えられている。漱石がドイツの哲学にも関心を持っていたことから引用したとみられる。

漱石は自分と同時代の英国人を作品の中に登場させることもあった。それが第六章で論じた『門』におけるキッチナー元帥（一八五〇～一九一六年）という英国の軍人であった。元帥は一九〇九年の秋に日本を国賓として訪問し、大英帝国で最も偉大な軍人として日本人から熱烈歓迎を受けた。『門』の主人公である宗助はキッチナー元帥のような人間は生まれつき世界を騒がせるようにできているのだと独白する場面がある。漱石自身、キッチナー元帥の動向に関心を払っていたことが、日記に現れている。漱石は当時の日本では知られていなかったキッチナー元帥による「戦争犯罪」を知悉していたのではないか。それらはスーダンのマフディー戦争（一八九八年）における敵兵の大量虐殺と南アフリカの第二次ボーア戦争（一九〇二年）における一般市民の強制収容所への収監に他ならない。

一九〇〇年に漱石が英国留学に派遣されたとき、文部大臣は「英語研究」のためにという辞令を与えていた。報告書の提出は必要であったが、現地で学位を取得する義務も、論文を執筆する義務もなかった。例えば、各地を旅行して英語の方言を比較したり、芝居を見に行って、昨今の英国の演劇における発声法などを報告してもよかったわけだ。つまり、漱石のように「英文学、そして文学とは何か」という難解な問題を自分自身に課し、頭がおかしくなるほど下宿に籠城して膨大なノートを作成する義務はなかったのである。

これら漱石のロンドンでの刻苦精励の成果が『文学論』（一九〇七年）であるといわれる。筆者は正直、『文学論』は難解でよくわからない。特にFとかfが出てくるあたりは、高校生の時に不得意だった微分積分を思い出させ眠気を誘う。しかし、このような理詰めの作業は後に小説家として大成するために必要だったのであろう。国家のために役に立つ留学をしなければならないという責任感がこのような困難な課題に挑ませたのであろうか。筆者は恥ずかしながら、そのような意気込みで勉学に取り組んだことは未だかつてなく身の引き締まる思いにさせられる。

本書で取り上げた漱石の作品は『吾輩は猫である』『虞美人草』『三四郎』と『門』である。今後、『文学論』を含めて『坊ちゃん』『行人』『それから』『こころ』『明暗』などの作品にも取り組むことを課題にしたい。

二〇一三年に京都大学に提出した筆者の博士論文は、十六世紀末、日本に来たポルトガル人の宣教師によって書かれた日本語文法書についてであった。これは『ロドリゲス日本大文典の研究』（和泉書院、二〇一五年）として出版させてもらった。しかしキリスト教徒でもない筆者にとって、この研究は正直、乾いた味のないビスケットを日々かじっているような辛いものであった。そんなとき、漱石を読むことは無上の気晴らしであった。

筆者は三年間のオックスフォード大学への留学を経て、一九八六年から十八年間近く、ロンドンのシティー（金融街）でサラリーマンとして過ごした。そのため漱石のロンドン留学時代（一九〇一〜一九〇三年）の日記や書簡は特に興味深く読めた。漱石の下宿のあった南ロンドンに住んだこともあるし、出てくるロンドンの地名全てが懐かしく響いた。さらに漱石が享受した英文学作品同時代の英国の動向などと重ね合わせて読むことを覚え、漱石作品をより楽しんで読むことができたように思う。そのための調べ物は、決して乾いたビスケットのようではなかった。べつの言い方をすれば漱石を読むことでキリシタン文典の研究を続けることが出来たと思える。

不肖の息子を快くオックスフォード留学に送り出してくれた父親（小鹿原健二）は二〇一二年に他界した。父はスペインの脳科学者ラモン・イ・カハル（Ramón y Cajal, 1852〜1934）の自伝を仕事の傍ら二十年以上かけてスペイン語から翻訳し、晩年の二〇〇九年に出版した。筆者はこの破天荒な若者の成長物語を読んで大きな感銘を受けた。しかしそのことを父親には何も言わなかった。正直に感動したことを告げなかったことを今では後悔している。

細々と発表してきた漱石に関する小論が、このたび晃洋書房の福地成文氏のご厚意で出版にこぎ着けたことを誠に有難く思っています。

英文の要約の作成はPaul VincentとZoe Ogaharaに助けてもらいました。ここに謝意を表します。

最後に拙著を今年、米寿を迎えた母、小鹿原とし子に捧げます。

二〇一七年一〇月

小鹿原敏夫

《著者紹介》
小鹿原敏夫（おがはら　としお）
1959年　大阪市生まれ
2013年　京都大学大学院文学研究科文献文化学科博士課程修了（国語学国文学専修），博士（文学）

Toshio Ogahara, Born in Osaka Japan 1959. Ph.D.Department of Letters, Kyoto University 2013

主要業績
『ロドリゲス日本大文典の研究』和泉書院，2015年．

漱石に英文学を読む

2017年11月30日　初版第1刷発行　＊定価はカバーに表示してあります

著者の了解により検印省略

著　者　小鹿原　敏　夫©
発行者　植　田　　実
印刷者　河　野　俊一郎

発行所　株式会社　晃　洋　書　房
〒615-0026　京都市右京区西院北矢掛町7番地
電　話　075(312)0788番(代)
振替口座　01040-6-32280

装丁　尾崎　閑也　印刷　西濃印刷㈱
製本　㈱藤沢製本

ISBN 978-4-7710-2935-4

人名索引

〈ア　行〉

伊藤博文　Ito Hirobumi　131, 132
ヴィクトリア女王　Queen Victoria　2, 3, 6-13, 15-18, 20, 164
ウィリアム・オレンジ公　William of Orange　33
ヴィルヘルム二世　Kaiser Wilhelm II　11, 13, 15-17
ウェリントン公爵　1st Duke of Wellington　127
ウルフ　Virginia Woolf　49, 81
エドワード七世　Edward VII　3, 10, 11, 13, 15-18, 130
エリオット　George Eliot　87
袁世凱　Yuan Shikai　128, 129
オースティン　Jane Austen　43

〈カ　行〉

キッチナー（元帥）Horatio Kitchener　4, 13, 46, 127-132, 134, 135, 139, 140, 143, 145-147, 151, 156, 166
キップリング　Rudyard Kipling　2, 128
グラッドストーン　William Gladstone　3, 142
クルーゲル　Paul Krugel　136
クレイグ先生　William Craig　75
クロムウェル　Oliver Cromwell　41
ゴードン将軍　Charles Gordon　142, 143
ゴールズワージー　John Galsworthy　1, 2, 4, 6, 7, 163
ゴールバーン　Edward Goulburn　60, 61
コンラッド　Joseph Conrad　2

〈サ　行〉

サザーン　Thomas Southerne　27-29, 34, 35
サッチャー夫人　Margaret Thatcher　iii
サッフォー　Sappho　39, 40
サマーズ　Montague Summers　48
シェークスピア　William Shakespeare　28, 34
ジェイムズ二世　James II　33
ジェイムズ（ウィリアム）William James　139, 144
ジェイムズ（ヘンリー）Henry James　74, 87, 91, 92
シェリー　Percy Shelley　85
シモンズ　Arthur Symons　66
ショー　Bernard Shaw　129
ショーペンハウエル　A. Schopenhauer　110, 118, 166
ジョーンズ　Arthur Jones　104, 105, 119, 120, 166
薄田泣菫　Susukida Kyukin　129
スターリン　Joseph Stalin　134
スティーブンソン　R.L.Stevenson　75, 103
ステファン　Leslie Stephen　81
スペンサー　Herbert Spencer　137, 138, 152-155
ソールズベリー侯爵　3rd Marquess of Salisbury　ii, 134, 143

〈タ　行〉

チャーチル　Winston Churchill　143
ディケンズ　Charles Dickens　10, 61
ディズレーリ　Benjamin Disraeli　ii, 3
ドライデン　John Dryden　29

〈ナ　行〉

中村是公　Nakamura Zeko　132
ニコルス　Mary Nicolls　85
ニーチェ　Friedrich Nietzsche　104, 122
ノートン　Caroline Norton　82, 99

〈ハ　行〉

ハーディー　Thomas Hardy　75
ハルトマン　K.R.E.von Hartmann　85, 110
ハーン　Lafcadio Hearn（小泉八雲）　37–39
ヒックス大尉　William Hicks　141
ピーコック　Thomas Love Peacock　85
ビスマルク　Otto von Bismarck　16, 153, 154
ヒットラー　Adolf Hitler　134
フィッツジェラルド海軍中将　Charles Penrose-Fitzgerald　147
フィールディング　Henry Fielding　60, 63
フェルディナンド大公　Archduke Franz Ferdinand　13
藤村操　Fujimura Misao　119
ブラウン　Thomas Browne　28, 29
ブレット氏　Mr Brett　7, 8, 14, 15, 17, 20
ヘイグ元帥　Douglas Haig　156, 157
ベーコン　Francis Bacon　28
ベーン　Aphra Behn　26–29, 31, 33, 34, 36, 37, 39–41, 43, 44, 48, 49, 164
ホブハウス　Emily Hobhouse　134

〈マ　行〉

マフディー　Mahdi（Muhammed Ahmed）　140–143, 145
ミルトン　John Milton　29
メレディス　Georgoe Meredith　73–92, 97, 99, 165
メレディス（マリー）Marie Meredith　86
モリエール　Molière　87–89, 91, 99
モンマス公　Duke of Monmouth　33

〈ヤ・ラ行〉

レオポルド二世　Leopold II　46
ロチェスター伯爵　Earl of Rochester　39
ロバート伯爵　Earl Roberts　13, 133, 134

Reading Soseki in English Literature

Toshio Ogahara

précis

Chapter I
Soseki and John Galsworthy

Natsume Soseki (born Kinnosuke), 1867–1916, is widely regarded as the greatest modern Japanese novelist.

He was one of the first graduates from Tokyo Imperial University's English Department in 1893. After several teaching assignments in Japan, Soseki was sent to London by the Japanese government on order to study English literature. There he had spent nearly 18 months in London (October 1900-March 1903), staying in cheap lodging houses, mainly in south London. Being short of money, he did not attend any educational institution, but studied alone, supplemented by a few private tutorials. Soseki later remarked: "My stay in London was amongst the most unhappy experiences of my life."

One of the memorable events of Soseki's stay in London was the state funeral of Queen Victoria, which took place on February 2nd, 1901. Soseki was among the large crowds who witnessed the procession in Hyde Park, and he was accompanied by a Mr Brett, landlord of his lodging house, who

carried him on his shoulders to give him a better view. In this way Soseki was able to enjoy a clear view of the cortege, followed by Emperor Wilhelm II of Germany and the Prince of Wales, shortly to be crowned King Edward VII.

John Galsworthy (1867–1933) was born in the same year as Soseki, to a prosperous family in Surrey, England. His masterpiece. *The Forsyte Saga* (1922), chronicles the history of a wealthy London family over the period 1886–1920. In the novel, the upper-middle-class Soames Forsyte, of the third generation of Forsytes, also witnesses the queen's funeral procession. As the cortege passes along Park Lane, Soames overcome with emotion, declares "The age is passing."

The Victorian age had brought prosperity to the first generation of Forsytes, as a result of the mid-19th century London property boom. But if the fictional Forsytes were winners financially, the real-life Bretts were certain losers: within two months of the funeral, the Brett family had been evicted from their home in Camberwell, and forced to seek cheaper accommodation in the less salubrious district of Tooting.

Despite the juxtaposition of fact and fiction, it is not hard to imagine both characters being represented at the occasion - with Soames Forsyte in Hyde Park glancing back to observe a shabby looking oriental gentleman astride the shoulders of an Englishman.

Chapter II
Soseki's novel *Sanshiro* and Aphra Behn's *Oroonoko*

Soseki's *Sanshiro* (1908) may be understood as a *Bildungsroman.* or coming-of-age tale. Ogawa Sanshiro, a new undergraduate student at Tokyo Imperial University, takes a journey from Kyushu to Tokyo where he encounters a succession of new characters, with whom he exchanges views on art and literature. The central theme of the novel, however, is the development of Sanshiro's unfulfilled love for the coquettish Mineko.

It is highly probable that Soseki used the minor English Restoration novel *Oroonoko or The Royal Slave, A True History* (1688) by Aphrah Behn as the basis for *Sanshiro.* In Behn's novel Oroonoko is seized as a slave from his native Africa and taken to South America. Soseki describes Sanshiro as a dark-skinned young boy and at one point he even has a fellow student compare Sanshiro to Oroonoko.

There is also, in *Sanshiro,* a reference to *Oroonoko, The Tragedy* by Thomas Southerne (1696). Though Southerne's drama was far inferior to the original novel, it contained the memorable quotation, "Pity is akin to love," which Soseki employs to describe Mineko's attitude towards Sanshiro. Mineko, for her part, quotes from The Lord's Prayer (from the Book of Common Prayer). This will be discussed in chapter III.

Sanshiro sets out to Tokyo to study on his own volition, whereas Oroonoko is removed to South America against his will. However Soseki imparts a feeling of enslavement to Sanshiro as he grapples with his various mental conflicts. In 1905 Tokyo Imperial University was highly regarded for its studies into Western science and literature, but fears were raised that its students might become unquestioning disciples of Western imperialist and colonial ideas. Soseki perceived these dangers inherent in the rapid assimilation of Western knowledge without commensurate inner reflection. He noted in 1906 that the 'ideal-self' emanates only from the heart: those Japanese who are blinded by Western civilization are made slaves by the narrowness of their vision.

On his train journey to Tokyo, Sanshiro makes an acquaintance with Professor Hirota. During their conversation Sanshiro expresses his opinion that Japan's recent victory in the Russo-Japan war was a fore-runner for greater national expansion. Hirota curtly replies: "Japan will perish!" In the earlier novel, Oroonoko also dies-miserably as a slave, betrayed not only by his white captors, but also by his fellow slaves. In setting down the prophecy of Professor Hirota, was Soseki deliberately identifying the figure of Oroonoko with Japan itself?

Chapter Ⅲ
"Stray Sheep" in Soseki's *Sanshiro* and *the Book of Common Prayer*

In the novel *Sanshiro* (1908) a naïve young boy (Sanshiro) is confounded by the wily and coquettish Mineko. In particular Sanshiro is unsettled by Mineko's usage of the words 'stray sheep'. When the pair find themselves separated from a tour group in the Chrysanthemum Garden, Mineko describes themselves as 'stray sheep' and Sanshiro persuades himself that Mineko's words imply something more than being physically lost. Later he receives a postcard from Mineko with the inscription 'stray sheep' alongside a drawing of two sheep. Sanshiro is convinced she shares his conspiratorial urge to escape the shackles of society.

However, when the term occurs for a third time, the scene is very different. It is Sanshiro, not Mineko, who says 'stray sheep'. Hearing a rumour that Mineko is engaged to another, Sanshiro meets her (outside a church) and demands to know the truth. Only then is it revealed that Mineko is a devout church-going Christian. Mineko confirms that she is indeed to be married to someone else.

Many people have speculated as to the extent to which Soseki intended his character Mineko to be conscious of the term 'stray sheep' as a biblical metaphor for sinner. According to the Oxford English Dictionary, the first usage of 'stray sheep' with

this meaning was in Henry Fielding's *Tom Jones* (1749). But neither the King James Bible (1611) nor the Book of Common Prayer (1549, 1559, 1662) contains the term '*stray* sheep' to mean 'sinner' although '*lost* sheep' does appear with this meaning (eg: in Psalm 119: 176).

Of course, it can be argued that Soseki had no need of an exact quotation from biblical sources for his purposes. In the Morning Prayer, from The Book of Common Prayer, the relevant line is: "We have erred, and strayed from thy ways like lost sheep." The substitution of 'stray' for 'lost' may not have had much significance for Soseki. However, when Sanshiro uses the words 'stray sheep' to accuse Mineko – and in front of a church – there can be no doubt that Sanshiro is intending to call Mineko a sinner.

The literal and metaphorical uses of the term are comically illustrated in Charles Dickens' David Copperfield (1850). The young David Copperfield, sitting in a church pew, notices a (real-life) sheep wandering into the church. He declares: "I see a stray sheep - I don't mean a sinner, but mutton." Clearly, in the church context, he must clarify his meaning of 'sheep,' not 'sinner'!

Mineko, the reader is led to conclude, has used Sanshiro cruelly as a pawn in her pursuit of another man. Fully aware of the wrong she has done to Sanshiro, she speaks the well-known words of absolution (from Psalm 51: 3): "For I acknowledge my

transgressions, and my sin is ever before me."

Chapter Ⅳ
Soseki's *Gubijinso (Poppy)* and a quotation from George Meredith

It is well known that Soseki was an admirer of George Meredith (1828–1909). *Gubijinso* (1907) was Soseki's first novel serialized for a newspaper. It was conspicuous for its ornate and elaborate prose style, not unlike Meredith's prose. The story involves a self-centred young woman, Fujio, and her determination to marry a poor but promising academic, Mr Ono, despite his having a long-standing engagement to a Kyoto lady of a more traditional upbringing.

Soseki was interested in the Japanese so-called 'new woman' who believed in greater freedom of choice in the matters of marriage and career. Soseki's own attitude was not necessarily sympathetic towards these 'new women', as his treatment of Mineko in *Sanshiro* (1908) illustrates. But in *Gubijinso* (1907) Fujio, rejected by Mr Ono, suffers the ultimate fate, dying of shock.

At the climax of the novel Fujio urges Mr Ono to take a train journey with her to the seaside (the act signifying the consummation of their relationship). During this scene Soseki alludes to two plots of Meredith in which a woman is on the point of eloping by train with a seducer, but does not board the train, being detained by the needs of a friend. In *The Egoist*

(1879) and *Diana of the Crossways* (1885) similar situations arise, although Meredith's works are both comedies rather than tragedies: Meredith was strongly influenced by the comedies of Molière.

In *The Egoist*, the heroine Clara is engaged to Sir Willoughby. When she realizes the extent of his selfish tendencies she decides to leave his country estate and escape by train to London, but she is dissuaded from this course by a literary gentleman (Vernon) whom she eventually marries.

In *Diana of the Crossways*, Diana is an upper-class woman imprisoned in an unhappy marriage. She falls in love with a dashing and youthful Member of Parliament, Dacier who persuades her to come and live with him in Paris. Diana fails to appear at the railway station for the journey: she has been detained because her best friend has a medical emergency.

One cannot fail to conclude that Soseki has mixed these elements from the two stories, adapting them to create a tragic situation in *Gubijinso*. Ending as it does with the death of the heroine, *Gubijinso* has very bitter aftertaste.

Chapter V
Soseki and the philosopher in a play by Arthur Jones

Soseki's early work *Wagahai wa neko de aru* (I am a Cat), of 1905, contains many literary references. In the work a discussion takes place on the subject of suicide. Professor

Kushami and his friends argue that a growing number of nervous break-downs among modern-day populations are bound to increase instances of death by suicide.

Meitei, cynic and dilettante, cites a play by minor English playwright Arthur Jones (1851–1929) in which a character proposes suicide as a social mechanism. Jones was famous for his society dramas. In Soseki's bibliography three works by Jones are mentioned: *The Crusaders* (1891), *The Liars* (1897) and *The Manouevres of Jane* (1898). Each of these plays deals with English high society, in a Comedy of Manners style.

Jawle, the character discussed by Meitei, appears in *The Crusaders* (1891) in which Mrs Cynthia Greenslade, a rich Mayfair widow, has established a London Reformation Society with the mission to improve the living standards of ordinary people. Jawle is a pessimistic philosopher, and is a guest at Greenslade's villa in Wimbledon where his only business is to annoy the people around him. He sees no value in social reforming, declares that marriage is the way to maximize unhappiness, and that all charity is merely a form of self-gratification. In addition Jawle dislikes women. He is clearly intended to be a parody of the German philosopher and arch-pessimist, Arthur Schopenhauer (1788–1860).

Before becoming a full-time writer Soseki taught English literature at a Tokyo high school, where one of his students, Misao Fujimura (1886–1907), committed suicide by throwing

himself into the waterfall at Nikko. Fujimura left a highly philosophical suicide note and the whole incident was widely reported in the press, leading to a spate of other 'philosophical' suicides.

In chapter 11 of *Wagahai wa neko de aru* Meitei takes Jawle's pessimism to another level, arguing that the police force, whose present role is to protect the ordinary citizen's life and property, will in the future be responsible for bludgeoning to death those who express a wish to die. Further, in a passage pre-figuring later Nazi atrocities, Meitei proposes that those with dementia or serious physical handicaps are to be killed by the police force, as being incapable of taking their own lives.

The cat narrator of *Wagahai wa neko de aru* becomes increasingly depressed as he overhears Meitei's argument. After consuming a quantity of left-over beer, the cat falls into a water jar and drowns – an accident, but one which can be easily misconstrued as another 'philosophical suicide'.

Chapter Ⅵ
Soseki and Lord Kitchener

Lord Kitchener (1850–1916) is the British general, whose steely gaze and outstretched finger created a famous World War I recruitment poster (Your Country Needs You). He had previously enjoyed an illustrious overseas military career.

Kitchener visited Japan in November 1909 as a representative

of King Edward VII. He was given an enthusiastic welcome by the Japanese, and treated as an important state guest. Prior to his arrival he had spent a month in China, visiting Japanese-controlled territories.

It was at Harbin railway station in north-eastern China that Hirobumi Ito, an important figure in Meiji Japan, had been assassinated a short time earlier. Kitchener took part in the tributes to Ito, laying a wreath of condolence at the station.

Kitchener and Ito are mentioned in Soseki's novel *Mon* (The Gate), of 1910. The novel's protagonist Sosuke, a junior civil servant, witnesses the public parade in Tokyo in honour of Kitchener, and ponders the greatness of Kitchener's life as a world-famous soldier. Commenting on Ito's assassination to his wife and younger brother, the cynical Sosuke approves Ito's assassination, for ensuring a greater fame for its victim in posterity than the lesser fame incurred by death from natural causes.

During Soseki's stay in London (October 1900–March 1903) Britain was engaged in the South African Boer wars, and forced to address the enemy's guerilla tactics. It was Kitchener who devised the infamous British army's 'scorched-earth' policy, and introduced 'concentration camps' to literally contain Boer fighters and their families. Later, Kitchener's appeal to the young men of the British empire to volunteer contributed to the vast death-toll on the Western Front. Less remembered was

the battle of Omdurman, 1898, in which Kitchener's army was responsible for the killing, using machine guns, of more than 20,000 native warriors in the Sudan.

In 1906 Soseki wrote a humorous letter to his disciple Toyojiro Matsune.

> *The Japanese people can be easily won over – but to do this you need to demonstrate you are more English than an Englishman. This, therefore, will be my aim in life. In a hundred years' time my reputation will stand alongside that of any English person - and then all Japanese people will kowtow to me. I have made a good start as I ate Western food today!*

Soseki no doubt condemned his fellow countrymen's adulation of Lord Kitchener – but was he thinking of Kitchener when he wrote this letter? If so, Soseki's prediction was not far off the mark: Soseki's reputation in Japan today greatly exceeds that of the forgotten Lord Kitchener. The pen is indeed mightier than the sword.